坠入人海，理想热烈

麦家 / 主编

麦家陪你读书 / 编

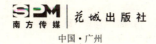

花城出版社

中国·广州

图书在版编目（ＣＩＰ）数据

坠入人海，理想热烈 / 麦家陪你读书编. -- 广州：
花城出版社，2024.3
（麦家陪你读书 / 麦家主编. 第二辑）
ISBN 978-7-5749-0167-4

Ⅰ. ①坠… Ⅱ. ①麦… Ⅲ. ①世界文学－文学评论－
文集 Ⅳ. ①I106-53

中国国家版本馆CIP数据核字(2024)第047962号

出 版 人：张　懿
特约策划：萧宿荣
责任编辑：林　菁　杨柳青
责任校对：梁秋华
技术编辑：凌春梅
装帧设计：郑力珲

书　　名	坠入人海，理想热烈
	ZHUIRU RENHAI, LIXIANG RELIE
出版发行	花城出版社
	（广州市环市东路水荫路 11 号）
经　　销	全国新华书店
印　　刷	广东广州日报传媒股份有限公司印务分公司
	（广州市白云区增槎路 1113 号）
开　　本	787 毫米 ×1092 毫米　32 开
印　　张	9.375　1 插页
字　　数	179,400 字
版　　次	2024 年 3 月第 1 版　2024 年 3 月第 1 次印刷
定　　价	59.80 元

如发现印装质量问题，请直接与印刷厂联系调换。
购书热线：020-37604658　37602954
花城出版社网站：http://www.fcph.com.cn

读书就是回家

素素

编 委 会

目录

《树上的男爵》

追求自我存在空间的艰难历程

[意]伊塔洛·卡尔维诺

  《树上的男爵》，是卡尔维诺的长篇小说《我们的祖先》三部曲之一，在三部曲中评价最高、篇幅最长。

  小说以18世纪至19世纪的生活为背景，主人公的弟弟作为故事的讲述者，写了"我"的哥哥柯希莫在12岁时，因为拒绝吃蜗牛餐，对抗父亲的专制和不公正，爬到树上，并一直生活在上面。柯希莫不仅在树上打猎、读书、旅行，帮人们建立防火系统，抵御狼群袭击，还经历了和强盗、海盗等各色人交往的传奇人生。

Day 1.

这个住在树上的少年，惊呆了千万人

诺贝尔文学奖获得者莫言曾说："卡尔维诺的书值得反复阅读，他用他的创作实践展示了小说形式的无限可能性。"

卡尔维诺一生写了20多部作品，其作品以独到的精美构思、深刻隽永的思维方式，对现代小说艺术产生巨大的影响。卡尔维诺的父亲是农学家，母亲是植物学家，弟弟是地质学家，他还有两个化学家舅舅，娶了两个化学家舅妈。他曾经风趣地说过"我是科学家之子"，"在我们家唯有从事科学研究才算光彩"，"我是家中唯一从事文学工作的败类"。

卡尔维诺小时候，他的时间一部分是在圣雷莫的海边小镇度过，他父亲在那里管理着一个花卉栽培试验站；另一部分则是在山里的乡村宅邸中度过的。小卡尔维诺在那里开荒种树，栽种了一些柚子树和鳄梨树。他天天和植物园里的植物、昆虫、野兽待在一起，动物对他的启迪，不亚于城市里的居民。卡尔维诺就这样，与大自然结下了不解之缘。

卡尔维诺的整个人生极具传奇色彩：他在二战期间加入了意大利游击队；他的父母曾被纳粹俘为人质；他曾加入过意大利共产党；他目睹了发生在巴黎的五月风暴；他还和古巴革命

领导人切·格瓦拉会面。这些丰富的人生经历都成了他小说创作的源泉。

《树上的男爵》的核心是柯希莫几十年的树上生活。树上的世界虽然很真切、很美好，但却是一个被遗忘和被抛弃的世界。不过，柯希莫恰恰在这里找到了心灵得以栖息的住所。在整个故事中，作者构筑了一个平行空间——树上的生活，这个空间与地上的世界虽然只有咫尺之遥，但却十分对立。

在这个净化的空间里，作为小说主人公的柯希莫没有任何非凡的天赋，却在这里度过了异乎寻常的、自由的一生。他的存在与身份、名誉、财富等外在形式无关，而似乎只与一种坚定的信念有关。在这里，他找到了适合自己的存在方式，并因此不再被人强求、控制和干扰。

作者用看似童话般浪漫主义的写法，书写了一个深邃凝重的主题，即现代社会中，人的迷失、焦虑、迷茫，以及处于生存困境下，人类个体追求自我存在空间和价值的艰难历程。

正如卡尔维诺自己所说："《树上的男爵》中有一条通向完整的道路，这是通过对个人的自我选择矢志不渝的努力，而达到的非个人主义的完整。"

Day 2.

孩子叛逆其实是好的开始

1767年6月15日中午，被关了三天禁闭的柯希莫和家人坐到餐桌边。在首席上端坐着的是柯希莫的父亲迪·隆多男爵，他头上戴着垂至耳际的假长发，在12岁的柯希莫和他8岁的弟弟彼亚乔中间，坐着他家的食客——家庭教师福施拉弗勒尔神父。在两兄弟对面，坐着他们的母亲——女将军科拉迪娜·迪·隆多以及他们的姐姐巴蒂斯塔。

在桌子的另一头，与男爵面对面坐着的，是埃内阿·西尔维奥·卡雷加骑士，他们家庄园的总管和水利工程师、父亲的亲兄弟、他们的亲叔叔。柯希莫的父母亲不停地对柯希莫和弟弟唠叨，告诉他们要用刀叉吃鸡，身体要坐直，胳臂肘不要靠在桌子上！柯希莫和彼亚乔讨厌的姐姐巴蒂斯塔，一系列的叫嚷、气恼、处罚、踹腿、踢脚也开始了。

一只火鸡端上桌，父母紧盯着他们，看他们是否按照宫廷里的规矩切割和剔骨。中午吃饭是柯希莫和彼亚乔同大人们见面的唯一时机。在一天的其他时间里，女将军回到自己的房间里编织、刺绣和纺线，她绣大炮，也绣炮弹轨迹。男爵妄想当上公爵，四处活动。

柯希莫和弟弟彼亚乔动不动就会受到父亲的惩罚。有一次，他们从楼梯的玉石栏杆上滑下来，撞倒了祖先的雕像，结果被父亲没完没了地责骂、鞭打。因为把巴蒂斯塔准备做菜的蜗牛都放掉爬走一事，柯希莫和彼亚乔被关了三天禁闭，才刚刚被放出来和大家一起吃饭。

这时，仆人端进蜗牛做的汤和菜。男爵吩咐柯希莫吃这些。

"不吃，就是不吃！"柯希莫回答并推开盘子。

"不吃再关进小黑屋子！"男爵喊。

"还是不吃！"说着，柯希莫看了一眼屈从父亲威严的弟弟，然后转过身去，从门廊里取出他的三角帽和佩剑，朝花园跑去，很快爬上一棵圣栎树。

柯希莫是按照男爵的要求弄妥帖后来吃饭的，扑上粉，头发用带子扎起辫子，戴着三角帽，扎着领带，穿绿色开衩燕尾服、浅紫色的短裤。他穿着这身衣服往树上爬，手脚并用。

"小心！会摔下来呀！"女将军焦急地喊道。

"他在那里待腻了就会改主意的！"

"我决不下树。"柯希莫在树冠上说。

午饭后，男爵和女将军来到花园，假装观赏玫瑰花圃，彼亚乔也来到圣栎树下，但是柯希莫谁也不理。桑树的枝头伸到邻居翁达利瓦家的花园——两家虽然是邻居，但相互仇视。

柯希莫从桑树上跳到围墙顶上，从围墙爬上了翁达利瓦家的玉兰树。玉兰树旁边，一棵大树枝丫上的一副秋千在晃荡，上面坐着一个10岁模样的小姑娘。她是一个金发女孩，秋千荡动时，不时低下头去啃上一口手中的苹果。

"您立即从那上面下来！您未经允许擅自走进我们的领地！"发现柯希莫后，女孩用食指点着柯希莫。

"我没有走进来，我也不会走下去。"柯希莫以同样激烈的态度回答，"我的脚没有踏进你们的领地。我的处所在空中，不是你们的！"

"那秋千是属于谁的呢？"女孩问。

"秋千是你的，"柯希莫判定，"但是由于秋千系在这根树枝上，总得附属于我。因此，当你坐在秋千上用脚触地时，你在你的地盘内，当你荡在空中时你在我的领域里。"

女孩儿蹬了一下，秋千飞荡起来。

柯希莫从玉兰树上跳到那根吊着秋千的粗树干上，从那里抓住绳索，开始推摇秋千，秋千越飞越高。

"你叫什么名字？"

"我叫柯希莫……你呢？"

"薇莪拉。"

俩人就这样成了好朋友。玩了一阵子，薇莪拉被人叫走，柯希莫回到自己家的花园树上。彼亚乔还在圣栎树下等他，看他出现，递过去一只篮子："我给你带来了两个干无花果，还有一点儿蛋糕……"

"我去过翁达利瓦家花园了，从来没有沾过地面！"柯希莫骄傲地告诉彼亚乔。

彼亚乔央求柯希莫也带他去，柯希莫说只要彼亚乔站在自己这边，替他做事。就这样，柯希莫在树上过了好几天。女将军只好找到一架露天望远镜，对准在树叶丛中的柯希莫。从她嘴唇上露出的微笑，大家明白她看见柯希莫了。

男爵气呼呼地嚷着："他疯了！魔鬼附身了！"

柯希莫在树上的最初日子里是没有目的或计划的，他只是渴望认识他的那个王国，因此他一天不得空闲。柯希莫有时躲在玉兰树上看薇莪拉荡秋千，有时看薇莪拉骑马跑到郊外，在树上追逐着她。

男爵把柯希莫不下树的烦恼，通通化作对翁达利瓦家的仇恨，好像是翁达利瓦家把柯希莫引诱进了花园，于是，他派柯希莫的叔叔卡雷加带着仆役去抓柯希莫。

好不容易敲开了翁达利瓦家的门，卡雷加让人把梯子搭在树上，亲自往上爬。哪知柯希莫早就跳到另一棵树上了。就这样，梯子从一棵树扑到另一棵树，弄坏了侯爵家的树木，侯爵很不满意，让迪·隆多的人都走。

柯希莫趁机从树上跳跃着跑到远处，过了很长时间，在一个密林中，他遭到一只野猫的袭击。左躲右闪中，手上挨了好几爪子，终于，柯希莫一剑刺中野猫的腹部。他来到翁达利瓦家的花园，却看见一辆待出发的马车，仆人们正在往上装行李，车上坐着薇莪拉。

"薇莪拉，你去哪儿？"柯希莫问。

"他们送我去寄宿学校！"载着薇莪拉的马车已经往前走了。

"薇莪拉，我打到一只野猫！"柯希莫举着野猫大喊。

"真棒！"薇莪拉不知是夸奖还是嘲弄。

柯希莫为突然的离别号啕大哭起来。他拿野猫皮做了一顶帽子戴在头上，继续在树上生活。随着最后一次柯希莫的姐姐巴蒂斯塔捕捉柯希莫失败，他们开始相信他不会回来了，男爵也这么想。

自从柯希莫沿着树木在整个翁布罗萨跳来跳去之后，男爵就不敢四处走动，以免被人看见。他现在只信赖一个人——卡雷加，男爵把这位50岁的兄弟比柯希莫更放在心上。

在这个家里，蔑视卡雷加的人不单单是柯希莫和彼亚乔，女将军和巴蒂斯塔实际上也不能容忍他，而在卡雷加顺从的表面之下，隐藏的也许就是对大家的恨。卡雷加沉默寡言，有时人们几乎以为他是聋哑人，但是他有计算水利工程的本事。尽管卡雷加负有总管的职责，却几乎不和田庄管家、佃户和家奴们打交道。因为他生性怯懦而又口齿不清，一切管理事务，实际上通通落到男爵身上。

Day 3.

多少以前曾经重要的东西，对他不再重要了

许多日子过去后，事情起了变化，双方都明白，柯希莫选择在树上生活与蜗牛无关，与晚辈的孝顺和父亲的道理与尊严之类也不相干。

"您演出了一场好戏！"迪·隆多男爵开始说，语调酸楚，"您真配做一个绅士！"

"父亲大人，一位绅士在地上如何，他在树上也将一样。"柯希莫回答。

"我邀请您到地面上来，"男爵声音平静，"来重新履行符合您的身份的义务。"

"我不想服从您，父亲大人。"柯希莫说，"为此我很难过。"

"可是您的学业怎么办？您的基督徒的信仰怎么办？"父亲问道，"您打算像一个美洲的野人那样长大吗？"

柯希莫沉默不语，这是他还没有想过也不愿意想的问题。男爵觉察到这一点，于是更进一步说："反叛行为不是用尺度可以衡量的，有时你以为只迈出了几步，却永无掉头回返之机了。"

然而柯希莫伸了伸舌头，大声说："可我在树上尿撒得更远些！"话虽无聊，却很干脆地打断了话题。

柯希莫的话引来孩童们的大笑，男爵的马受惊，跑开了，柯希莫也回到自家花园的树上。

不知何时下起了大雨，女将军让彼亚乔去给柯希莫送伞。彼亚乔吹着口哨，找了好久，才发现柯希莫住的树。柯希莫教彼亚乔如何往上爬，他们穿过交错纠结的枝丫，最后到达一棵主干很高的山毛榉前。柯希莫掀开一条帘子，在一只灯笼的光照下，彼亚乔发现自己走进了一间小房子。

柯希莫把彼亚乔带来的两把伞打开，放到外面，盖住棚顶的两个窟窿。兄弟两人坐下来。他们聊天时，柯希莫说，不要告诉任何人他的住处。彼亚乔问让不让薇莪拉上来，还问柯希莫和薇莪拉订婚了没有。柯希莫说当然让薇莪拉上来，但是对订婚与否的问题，柯希莫涨红了脸，不说话。

第二天，雨停了，柯希莫坐在树上，开始跟福施拉弗勒尔神父上课。柯希莫以特有的方式生活在大家身边。尽管迪·隆多男爵的一个儿子数月不下树的消息早已四处流传，男爵还是竭力对从外面来的人保密。

德斯托马克伯爵与家人来男爵家拜访，他们要去法国，在法国的土伦海湾有些领地，中途在男爵家歇息。两家有些秘密交易，伯爵需要迪·隆多男爵的赞同。因此虽然知道男爵有个在树上生活的儿子，也不予理会，而男爵打算将实现他统治翁布罗萨妄想的空中楼阁，建在这种联盟的基础之上。

大摆筵席后，柯希莫的姐姐同伯爵少爷订了婚。

日子一天天过去。冬天到了，柯希莫替自己做了一件短皮上衣、一双鞋。他自己动手缝制，用的是他猎获的各种动物的毛皮。他还用羊毛编织了几条裤子，膝盖处缝上皮子。他拥有一眼悬空的泉水，这是他借助自然条件建造的。

有一条溪水流到悬崖边，变成瀑布落下来，瀑布旁边有一棵橡树向上高高地伸出枝干。柯希莫呢，就用一段约有两米长的杨树皮做成一条水渠，将水引至橡树枝上，这样他就可以喝水和洗浴了。他还养了一只猎狗，取名佳佳，这只狗是后来翁达利瓦家搬家的时候丢下的。总之，他在树上什么事情都能做，在很长时间内，整个青春时代，柯希莫以打猎、钓鱼为生。

多少以前曾经重要的东西，对他不再重要了。

春天，柯希莫的姐姐订婚，柯希莫躲在一棵梧桐树顶上，挨着冻，望着灯火辉煌的窗子，但始终没有下来。

一天夜里，柯希莫被抓强盗的呼喊声惊醒，他迅速起来，赶往呼声传来的地方，那是一间小地主农舍，半裸着的一家人惊慌地往外跑。大家看见柯希莫，连忙大喊："勇士，快去抓贾恩！他脸上戴着面具，手拿长枪！"

柯希莫问他们贾恩往哪里跑了，人们说没看清，他跑起来太快了！柯希莫一心想见见这位森林大盗。他把森林纵横跑个遍，短腿狗佳佳在后面跟着他，然而他什么也没看见。有人说贾恩有一些谁都找不到的藏身之处，还有人说，谁要是抓住他，那笔悬赏金够过一辈子舒服日子了。

一个下午，柯希莫在一棵核桃树上读小说，忽然，一个衣冠不整的大胡子男人气喘吁吁地沿着小路从山上跑下来。两名举着明晃晃大刀的警察追在他身后，大声喊道："截住他！他是贾恩！"

柯希莫突然想救贾恩，于是把随身带的绳子一头扔到地上，另一头拴在树上。贾恩看见那根绳子几乎打在他的鼻子上，他搓搓手，一时有些犹豫，然后抓住绳子，极快地往上爬。警察到来时，绳子早已收上去，贾恩站在核桃树的枝叶之中，就在柯希莫身后。

"看到有人跑过来吗？"警察问柯希莫。

柯希莫随便指了一个方向，警察朝着所指的方向追去。

"您就是强盗贾恩吗？"

"您怎么认识我呢？"

"嘿，久仰大名。"

"您就是从不下树的那位吗？"

"对，您怎么知道的呢？"

"那么我也是久仰大名呀。"

他们有礼貌地互相打量，就像两个互相尊敬的人偶然相遇，而为彼此没有相见不相识而高兴。

贾恩见柯希莫读书，问能不能借给他一本，他显得有点儿窘迫不安："您知道，我白天躲藏起来，不知道干什么好。"

　　柯希莫把书借给了贾恩。此后一段时间，柯希莫开始了同强盗的交往。在读书的过程中，贾恩开始渴望正常的家庭生活，憎恨恶人和坏人，他沉醉在故事里，不再去偷盗。可是贾恩的名声太大了，最终他被他手下的人出卖，关进海边的一座高塔。柯希莫听说后，连忙跑去，站在一棵海松的顶上，几乎达到了贾恩牢房的高度，给他读他没读完的小说。

　　行刑的日子到了，绞刑在广场中一棵高大的橡树上进行，当贾恩的身体不再扭动时，人群走散。柯希莫骑坐在吊着受刑者的那根树枝上，一直留到深夜。每当一只乌鸦飞来要啄食尸体的眼睛或鼻子时，柯希莫就挥动帽子将它赶开。

　　柯希莫以自己的方式生活在树上，帮农人做事，给自己做兽皮衣服，还和强盗成了好朋友。

Day 4.
我爱你，但我不能失去自我

在同强盗贾恩的来往之中，柯希莫对阅读和学习产生了极大的兴趣，现在他主动去找福施拉弗勒尔神父，请神父讲解塔西佗和奥维德。他也给神父讲卢梭在瑞士的森林里采集植物标本，讲本杰明·富兰克林用风筝捕捉闪电，讲翁唐男爵愉快地同美洲的印第安人生活在一起。

他们两人之间的师生关系颠倒过来了，柯希莫当老师，福施拉弗勒尔当学生。神父经常吊着两条瘦骨嶙峋的腿，在一棵栗树上坐整整一个下午，听柯希莫讲专制与共和、讲诸种宗教中的真与善、谈感觉主义。祸事来了，流言传说在翁布罗萨有一个教士熟读一切被教会禁止的书籍。于是，警察把神父带走了。神父在监狱里度过了他的风烛残年。

柯希莫居住的森林发生过一次火灾，好在没有烧到他。于是，柯希莫开始思考如何防止火灾的问题。他动员国家森林的承包者、伐木工、烧炭工，把懂水利的卡雷加也找过来，大家一起修筑起一些蓄水池。他还组织了一支消防队，在火灾发生时能够立即排成一条长蛇阵来传递水桶，又组织了民兵，轮流进行守卫和夜间巡逻。只有好逸恶劳的卡雷加干了一天就消失了。

翁布罗萨的农民和手艺人中的男人们，都被柯希莫召集起来，产生了一种集体精神。柯希莫也感到自己有了一股新的力量，他懂得集体会产生最强大的人物，让每个人都精神振奋。

柯希莫每天夜里都独自在森林里放哨，有三四次他放哨时发出警报，大家赶来把火扑灭，保住了森林。那一阵子，在翁布罗萨经常听见人们对柯希莫的赞扬声："他竟然是这样能干！""他毕竟办成了一些事情。"

男爵听说这些，找到他，说："你18岁了……是别人把你当大人看待的时候了……我在世上的日子不会太多了……"他双手平托着宝剑，"你要记得你将来也是迪·隆多男爵。"

男爵把剑送给了柯希莫，掉转马头，缓缓离去。

有一次，柯希莫看见一盏灯在山谷里移动，他悄悄地跟踪，发现是卡雷加提着一只灯笼匆匆而行。卡雷加来到海边，摇动灯笼，一会儿一只飞驶的小船出现，是海盗！卡雷加同小船上的人低声交谈。

柯希莫不时听出一句，卡雷加正告诉那些海盗翁布罗萨的船只到港和出港的日期。柯希莫听着，他的心冰凉了，这个整天畏畏缩缩且神神秘秘的小老头，竟是一个十恶不赦的内奸。柯希莫在海边松树上守了两夜，第三夜，卡雷加又跑到了海边的沙地上，用灯笼打信号，很快，船载着海盗靠岸了。

海盗开始从船上卸东西：桶、箱、包、袋、细颈大肚的玻璃瓶子、装满奶酪的筐子。卡雷加把他们引入一个岩洞，海盗把全部货物放进洞里，这些都是他们新掳掠来的财物。海盗的船队应当在翁布罗萨某一港口抛锚停泊，他们先接受海关检查，因此必须将抢来的货物藏在一个安全的地方，以便归途中取走。海盗船只离开后，柯希莫立刻叫来那些森林里烧炭的人，告诉他们他发现了海盗们的财宝。

于是，海盗和前来的森林男人们厮杀在一起。三名海盗无心恋战，趁着混乱跑到小艇上，想解开船帆逃跑。

柯希莫从岸边的一棵松树上纵身一跃，手拿长剑，左劈右砍，把三个海盗刺死。卡雷加在黑暗中跑向前来接应三个海盗的大船，被船上的海盗当成出卖者砍死。猎狗佳佳把卡雷加的头颅叼上岸。

后来，柯希莫跟男爵说，卡雷加被海盗们劫持，被杀害了。也许这个杜撰的说法，是他替父亲着想。可是男爵听到兄弟的死讯和看到那颗头颅后，还是悲痛万分，大受打击，很快死去。

现在，迪·隆多男爵是柯希莫了，人们向他敬礼，称他"男爵先生"。但他仍然在树上，当田庄管家和佃户有事要找他时，永远不知道在哪儿能找到他。有人告诉他，在奥利瓦巴萨，有一个西班牙人家族，全都生活在树上。于是，他穿越森林，踏上了去奥利瓦巴萨的旅行。

奥利瓦巴萨是个内陆城市。此时正是冬天，柯希莫走进那里，看见光秃秃的树枝里面都有人。他们是西班牙贵族，被国王卡洛三世驱逐，下令不准他们接触地面。

到达奥利瓦巴萨后，这里的长官允许他们上树生活，并且为他们提供一切服务。柯希莫拜见了他们的费德利哥殿下，做了自我介绍。费德利哥殿下吩咐人带领着柯希莫去每棵树拜见大家。拜访归来的途中，柯希莫看见一位美丽的少女，她提着一只小桶，站在一棵桤木上。

"为什么我刚才同大家见面时没有看见你？"

"我去打水了。"她莞尔一笑。少女叫乌苏拉，是费德利哥殿下的女儿，乌苏拉从别人口中听说了柯希莫。

"您能摘下那朵玫瑰花吗？"柯希莫看见一朵玫瑰花，攀缘在一棵树的顶梢上开放。

"不能。"

"好，我来给您摘。"柯希莫走过去，拿着那朵玫瑰返回，别在乌苏拉的头上。

"您能够爬上那棵杏树吗？"柯希莫问道。

"那怎么行呀？"

"您看，"柯希莫拿出一个绳套，"如果您肯系上这根绳子的话，我把您用滑轮拉上去。"

柯希莫把乌苏拉运送到那棵杏树上，他自己也过去了。他们在树上紧紧地挨着，越挤越紧，渐渐地拥抱在一起了。他们就这样开始了甜蜜的恋爱。很快，柯希莫在西班牙人中大显身手，他教人们以各种方式从一棵树转到另一棵树上，为他们安装蓄水池、炉灶，还帮他们在树干上挖了忏悔室。

不久，西班牙人被流放的成命取消了，这些贵族可以回到自己的家园，重新拥有自己的财产。费德利哥殿下找到柯希莫，发出真诚的邀请："勇敢的年轻人，你19岁了，乌苏拉17岁了，你愿意成个家，同我们一起回去吗！"

"可我的家在树上！"柯希莫回答。

乌苏拉扑向那棵树："那么我同你一起留下！"

费德利哥殿下不能说服柯希莫，就强行把乌苏拉送进马车，西班牙人都走了。

"再见了，乌苏拉，祝你幸福！"柯希莫喊道。空荡荡的树上还挂着一个发带，那是乌苏拉的，随风飘动着。

时间过得很快，柯希莫在树上经历了叔父和父亲的死亡，经历了一场恋爱，19岁的他依然选择在树上生活。

Day 5.

接纳不完美，人生才完整

柯希莫回到翁布罗萨时正值盛夏，他心绪不宁，从这棵树跳到那棵树，因失恋伤感而无所事事。很快就开始传出流言，说一个叫凯基娜的，住在山谷的对面，是柯希莫的情妇。诸如此类的故事人们说得很多，直到人们又看到柯希莫在树上静静地看书。

男爵死了以后，女将军衰老得很快，她只要了一点财产。后来柯希莫签署了一份全部家产的使用收益证书给彼亚乔，他每月只要一笔生活费，所有的事务都交给了彼亚乔打理。再后来，女将军得了气喘病，卧床不起。柯希莫攀上紧靠着女将军房间窗台边一棵高大的桑树，每天守护着她。

彼亚乔也站在女将军床头，气若游丝的她只和柯希莫说话："我吃过药很久了吗？柯希莫。"

"不，才几分钟，妈妈，您等一会儿再服药，现在对您不合适。"柯希莫在树上回答她。

一会儿她又说："柯希莫，给我一瓣橘子。"柯希莫从窗户伸进一支船上用的鱼叉，并用它从一张桌上取了一片橘子，把它送到母亲的手上。

“谢谢，我的儿子。”

阳光明媚的一天，柯希莫在树上拿着一只小碗吹肥皂泡，他把那些泡泡吹进房间里。肥皂泡飞到女将军脸上，她吹气把它弄炸，微笑起来。一个泡泡落到了她的嘴唇上，停留在那里不动了。彼亚乔俯身趋前，小碗从柯希莫的手上掉落下来。女将军死了。女将军去世一年之后，彼亚乔同附近的一位贵族少女结婚了。

光阴荏苒，柯希莫变得无精打采，时光消逝的感受使他对自己成天在那些树枝上爬上爬下的生活并不满意。

一天，猎狗佳佳显得很烦躁，它仰起脸来闻一闻，又垂落下来，接着两三次起身，在周围转，突然又跑起来，柯希莫在树上紧跟着它。佳佳一直向托莱马依科公爵的禁猎区跑去，森林的尽头出现一块草坪，佳佳又冲进草地，劲头十足。柯希莫蹲在一株白蜡树上呼唤，但是佳佳连头也不回。

有一天，柯希莫在白蜡树上观望，他看见远处橡树林里跑出一匹骏马，骑马的是薇莪拉！柯希莫的心开始怦怦直跳。这种期待开始变得痛苦起来，因为他发觉薇莪拉并不是朝着他而来，再看，薇莪拉骑着马向翁达利瓦家荒废的旧花园飞驰。柯希莫回来跳上翁达利瓦家的玉兰树时，薇莪拉已经指挥仆人收拾园子了。她走到玉兰树下，看见了树上的柯希莫。

“我在等你回来……”柯希莫说。

“你一直没有下树？”

"没有！"

柯希莫把薇莪拉拉上树。他们来到花园的树林深处，互诉离别后的情况。

"我父母说我卖弄风骚，说我不能没有丈夫，逼迫我嫁给了托莱马依科公爵这个80岁的老头，我当了一年公爵夫人，不过和他在一起的时间还不到一个星期。好了，现在我是寡妇，我可以做我喜欢做的事情了。"

"你向什么人卖弄风骚呢？"柯希莫着急地问。

"瞧，你嫉妒了。"薇莪拉大笑。

柯希莫真的由于被扇起的妒火而感到了要吵架的冲动。

"你将永远爱我，绝对地爱，爱我胜过一切，你会为我做任何事情吧？"

"是……"

"你是一个仅仅为了我而生活在树上的男人，为了懂得如何爱我……"

"是……是……"

"吻我。"

柯希莫将薇莪拉挤靠在树干上，亲吻她。

对柯希莫来说，最美的季节开始了。对薇莪拉也是。薇莪拉骑着白马在田野上奔跑，看见了出现在蓝天和树叶之中的男爵，她立即从马鞍上站起，抓住斜生的树干，顺着树枝爬上树。她很快变得几乎同他一样是爬树的行家里手了，跟着他到处转悠。

薇苿拉十分喜欢骑马，柯希莫却不能在这件事情上与她相互依随，这也是柯希莫心生嫉妒和忧虑的原因。因为他看见薇苿拉拥有一个比他的世界更广阔的天地，并且明白自己不可能独占她，不可能把她禁锢在他王国的边境线之内。

柯希莫在广场的圣栎树上露面的时间变长了，这是薇苿拉已离去的标志。因为薇苿拉有时要走开几个月，去管理她的那些分散在欧洲各地的财产。薇苿拉并不是负气而去，他们总是在这之前就和解了。但是在柯希莫心里留下疑惑，他认为是薇苿拉对他厌倦了才这样做的，也许薇苿拉不会再回来。

于是，柯希莫忧心忡忡地打发日子。一艘英国的旗舰在翁布罗萨港湾抛锚，邀请翁布罗萨的显要人物和其他过往船只上的军官一起联欢。薇苿拉和柯希莫都被邀请。

宴请结束后，有两个军官迷上了薇苿拉，薇苿拉哄骗他们两个，要求他们不断地在新的爱情考验中进行竞赛。

"他们为我互相厮杀，还为我退伍了！这就是绝对的爱！"薇苿拉得意扬扬地向柯希莫宣告。

"你们都是绝对的浑蛋！"柯希莫咆哮着。

"你不认为爱情是绝对的献身，放弃自己？"

"可是那样一来，我是我自己也没有意义了！"柯希莫喊道。

这一次薇苿拉真的走了，只带走了佳佳，再也没有回过翁布罗萨。柯希莫的心碎了，他不吃不喝，流着泪水在森林里久久地游荡。总之，对他来说，那是一种可怕的衰退。

但是他为翁布罗萨解决了狼群入侵事件。由于一直下雪，大批的狼因为饥饿，从阿尔卑斯山上下来，来到翁布罗萨海滨地区。大家去找柯希莫想办法。柯希莫让人们送一些山羊，他亲自把羊在一棵棵树冠上捆好，然后在每棵树上藏一支上了子弹的枪。柯希莫自己也穿得像山羊，并在这些树上露宿。

终于有一天夜里，狼来了。柯希莫消灭了大量的狼，也受了风寒，这几乎要了他的命。翁布罗萨市政府出钱替他治疗，以示对他的感谢。大家都说，他是本世纪最伟大的天才和最杰出的人物之一。

Day 6.

终其一生，你需要讨好的人只有自己

由于柯希莫所做的事情总是为大家着想，人们对柯希莫很是尊敬，推举他为当地共济会首领。柯希莫也对集体生活一直表现出强烈的热情，他越是坚决地躲进他的树枝里，越是感觉有必要建立新的人际关系。

在他的心中，有一个关于人类社会的理想。关于战争期间柯希莫在森林里完成的事迹也有很多。比如他曾帮助法国巡逻队俘获奥地利巡逻队。敌对军队双方的侦察巡逻队都进入了森林冒险。柯希莫在树上，每当听见在荆棘上踩响的脚步声，他就侧耳细听，以便弄清楚是奥军还是法军。

一个奥地利的年轻中尉带领一支巡逻队，排成两列纵队在险峻的山路上行走。柯希莫躲在松树上伏击他们。他把半公斤重的松球扔到队尾士兵的头上，士兵一个个张开双臂，膝盖一软，倒在灌木丛中。没有人发现他们倒下，小队继续行军。

柯希莫跑到奥军前面，找到一支法国巡逻队，告诉他们奥军巡逻小队来了，他有办法帮助法军俘获奥军。奥地利小队走过来了，柯希莫在树上用猫头鹰的叫声向法军说明敌军行进的情况，奥地利人对这一切一无所知，落入陷阱。

柯希莫在森林里用类似的办法帮助法军，取得了多次胜利。柯希莫的名声在奥地利的军营里传开了，有人说他是雅各宾派分子，有人说他是半人半畜，十分吓人。

柯希莫依然在森林里度过他的大部分时间，此时，法军工程兵部队的工兵们要在森林里开辟一条运送大炮的道路。白天，柯希莫帮助绘图员测量路线，没有人比他更能胜任这项工作了。晚上，柯希莫去听工兵讲述他们经历过被包围和反包围的战斗故事。

这些工兵完成任务后，没有留下像其他部队那样破坏的遗迹，这很难得。因为现在的占领军，尤其是自从他们从共和军变成了帝国军之后，已经变得让人厌恶了。那些拿破仑的士兵从畜栏里征调猪、牛、羊，至于税款，也比从前更多。

柯希莫为减轻这些祸害做了一些事情：当一些小产业主因害怕遭抢劫，把牲畜赶进丛林里时，他替他们守护，或者为他们秘密转移磨房里的粮食和榨房里的橄榄油。总之，他尽力保护处于强权之下的人民。

拿破仑到米兰给自己加冕，然后去意大利一些地方旅行，去翁布罗萨拜访"住在树顶上的爱国志士"也列入了日程。

活动预定在某一天的十点开始，可是到了十一点半，拿破仑还没有出现。柯希莫等得很不耐烦，因为年纪大了，他患上了膀胱疾病，不时要躲到树干后面去撒尿。

皇帝来了，一帮戴三角帽的高级军官和外交官前呼后拥。

时间已是正午，拿破仑抬头望着树上的柯希莫，太阳光射进他的眼睛。柯希莫礼貌地问道："皇帝陛下，我能为您做点儿什么吗？"

"您往这边过来一点儿，替我挡住太阳，好，就这样，别动。"拿破仑说。

"这让我想起了亚历山大同第欧根尼的会晤！"拿破仑和身边人说。

"只是在那个时候，"柯希莫补充道，"是亚历山大大帝问赤裸生活的哲学家第欧根尼，能为他做什么时，第欧根尼让他挪动一下，因为亚历山大大帝挡住了阳光，而第欧根尼正在晒太阳。"

拿破仑打榧子，用意大利语说："我很了解您，如果我不是拿破仑皇帝的话，我很愿做柯希莫·隆多公民！"

随后拿破仑转身走了。事后人们曾盼望拿破仑会给柯希莫送来罗马军团十字勋章，但什么也没有。

青春在大地上匆匆而过，柯希莫变成一个行动迟缓的垂垂老者，罗圈腿、驼背，套着一件长长的皮斗篷，连脑袋也裹在风帽里。在贝雷西纳，拿破仑的军队溃败，英军在热那亚登陆。

柯希莫不再来翁布罗萨，他趴卧在森林中的一棵松树上，望着东方。后来，年老体弱的柯希莫把他简陋的卧具搬到了广场中心的大核桃树上。而从前，他出于野生生物的本能，总是把睡处隐蔽起来。现在他感到需要时时有人照看，这可能就是一种死亡的预兆。

彼亚乔给他派去一个医生，爬梯子上去的医生下来后做了一个苦脸，并摊开双手。彼亚乔爬上梯子。"柯希莫，"他说，"你活了65年了，向我们表现了你伟大的精神力量，现在你可以下来了。那些终生在海上漂流的人，也有一个离船上岸的年龄呀。"

柯希莫摆摆手做了否定的表示。他几乎不再说话了。

一天早上，大家看见柯希莫爬到了树顶上，骑在一根极高的枝头上，身上只穿了一件衬衣。

"你在上面做什么呀？"彼亚乔问他。

柯希莫不回答。就在这时，天上出现一只热气球，挂着一个柳条吊舱，柯希莫抬起头，望着气球。正在这时，热气球被卷入西南风的旋涡之中，像陀螺一样飞快地转动起来，飞行员们赶紧抛出锚，以便抓住什么支撑物。锚带着长长的绳子，随着气球斜向飞行，飘到了广场上空，在大约与核桃树尖相齐的高度上。当锚的绳子靠近柯希莫之际，奄奄一息的他一跃而起，就像他年轻时经常蹦跳的那样，抓住了绳索，脚踩在锚上，身体蜷缩成一团。大家看着他就这样飘走了，消失在大海那边。

柯希莫一直按照自己的人生理想生活、做事，他参加共济会，积极帮助所有的人，投身革命，贡献自己的力量。即使最后身老体弱，也坚决不下树，将自己的理想进行到底。

Day 7.

太把别人当回事，是一场灾难

　　柯希莫生活在翁布罗萨的别墅，父亲是男爵，生活在这样家庭里的孩子本该是幸福的，但柯希莫感到的却是家庭的冷漠和礼教的束缚。

　　树上的柯希莫生活得很快活，他认识了邻居翁达利瓦侯爵的女儿薇莪拉，和她成为好朋友。柯希莫青年后，他还一直生活在树上。他用打猎得到的各种动物的皮毛给自己缝制衣服、帽子和睡觉的皮囊；用一段杨树皮做成了一条引水渠，把悬崖边的水引到橡树上来饮用和洗浴以及洗衣服；用打来的猎物和农民交换蔬菜。

　　柯希莫在树上文明地生活着，遵从着邻居和他的行为规范。柯希莫父亲死后，世袭的爵位头衔并没有把年轻的他吸引下树，他成了远近闻名的生活在树上的男爵。

　　在柯希莫25岁时，母亲去世，他感到了时间的流逝，爱情的伤痛使柯希莫的性情发生了变化，他不再穿兽皮，而是穿着插满羽毛的燕尾服，还用羽毛装饰头部，模仿各种鸟类，似乎在排解失去恋人的痛苦。

　　当大批狼从阿尔卑斯山上下来，威胁翁布罗萨的居民时，柯希莫不顾自己的安危，夜战狼群，受到居民的拥戴。大革命来临，生活在树上的柯希莫成了共济会首领。战争期间，年老的柯希莫利用能在树间跳跃的优势，用自己独特的方法助力法国军队，被尊称为"树顶上的爱国志士"，得到拿破仑的会见。

时间在大地上匆匆而过，柯希莫坚持自己的树栖人生，一直到65岁，他用矢志不渝的决心，实践着自己的人生理想。

神父福施拉弗勒尔是一个干瘪的小老头，是柯希莫和弟弟彼亚乔的家庭教师，因信奉被教皇定为异端邪说的冉森教，躲避宗教裁判所的审判，从故乡逃出来。

青年时期的柯希莫对阅读和学习产生兴趣，请神父讲解塔西佗和奥维德，解释天体的运行和化学反应规律。年迈的神父除了一点语法和神学知识之外，什么也说不上来，对于学生的提问，他只能摊开双手，两眼冲天上翻。

后来，读了很多书的柯希莫成了神父的老师，神父变成了学生，他会吊着两条瘦骨嶙峋的腿在树上坐整整一个下午，听柯希莫讲卢梭、讲本杰明·富兰克林、讲专制与共和、讲宗教中的真与善。

逐渐，神父开始怀疑自己的信仰，向往柯希莫的生活，却没有决心像柯希莫一样追寻自己想要的生活，终究不得不在世俗里妥协。至死他也不明白，在把一生奉献给宗教之后，他到底相信什么。

柯希莫的叔叔卡雷加也和神父一样，是卡尔维诺笔下的残缺配角，一个以错误的生存方式生活在柯希莫周围的人。

卡雷加是男爵庄园的总管和水利工程师，男爵的亲兄弟、柯希莫的亲叔叔，是男爵最信赖、偏爱的人。卡雷加这个角色是自私的，虽然吃、住都在柯希莫家，但一直冷漠地对待这一家人，即使对他很好的哥哥男爵迪·隆多，卡雷加也是不满的。

谁都没想到，这个整天畏畏缩缩、神神秘秘的小老头，竟然在夜里偷偷溜出来，提着灯笼到海边和海盗接头，是一个恩将仇报的小人，一个十恶不赦的内奸。当事情败露的时候，卡雷加还想追随海盗而去，结果被海盗当成告密者一刀砍下头颅。

卡雷加自始至终都让人觉得他活得不够坚挺，他的整个人生都是在无所适从和焦虑疑惑中度过的。不知道自己要干什么，生活没有方向，甚至作者卡尔维诺在小说中，从没让他笑过。

《树上的男爵》让我们见证了柯希莫在树上的别样生活，探寻了人类对于自我价值的不懈追寻。

作家苏童曾盛赞这部经久不衰的作品"已经变成一个关于生活的经典寓言，卡尔维诺的树成了世界的尽头"。

人生的多种可能

[英] 威廉·萨默塞特·毛姆

　　威廉·萨默塞特·毛姆是20世纪拥有最多读者的作家之一，国内的读者熟知毛姆，大多是因为他那常年在销售榜占有一席之地的《月亮与六便士》。

　　而毛姆的《刀锋》在出版之际，曾被当时美国著名评论家埃德蒙·威尔逊评为"不堪一读的一本书"，但仅仅出版一周，就突破了百万销量，在欧美的读者中获得了广泛的好评，随即也卖出了电影版权，并多次入围奥斯卡提名。

　　毛姆曾说："写《刀锋》带给我极大的乐趣。在这本书里我终于可以一吐为快。"

Day 1.
世界上最大的成功，就是按照自己喜欢的方式过一生

以第一人称的局外人视角叙事是毛姆一贯的写作风格。《刀锋》也秉承了这一写作风格，以毛姆自己的视角叙述了整篇故事。他自己是一个同故事中的主人公有深交的作家，既参与了故事，又在给读者们讲故事。就如译者周煦良所说，毛姆在故事里既是演员，又是观众。

毛姆很少对人物角色做出强烈的主观评价，他冷静、客观的态度，往往能安抚情绪激动的读者，促使读者去理解而不是去批判书中的人物。比如他在小说的结尾并没有按照读者的预想，为伊莎贝儿安排孤苦一生的结局。这让读者们能够跟随他，重新站在伊莎贝儿的角度深入地思考问题。

故事的主角是退伍的美国一战飞行员拉里·达雷尔。拉里很小的时候便失去了父母，被父亲的一名医生朋友抚养长大。一战结束，拉里退伍回来，和来自显赫家族的青梅竹马伊莎贝儿订了婚，伊莎贝儿的古董商舅舅艾略特也热心地帮助拉里安排工作。可以说，拉里的未来充满了希望。

可拉里却显然对别人为他安排的生活毫无兴趣。他不想去

读大学，认为去获得一个毫无价值的学位那只是浪费时间；他也不想接受朋友之父亨利·马图林给他提供的高薪工作，没有别的理由，只是因为他感到无聊。拉里的亲人朋友不理解他为何变成了一个游手好闲的人，伊莎贝儿和舅舅艾略特则担心拉里的游手好闲会让婚后的生活拮据、上不了台面。

他游手好闲的原因，拉里从未和朋友说过，"我"也是从一个名叫苏珊·鲁埃维的模特兼妓女口中得知。在做飞行员时，拉里曾有一位要好的爱尔兰朋友，在一次行动中为了救拉里不幸身亡。那位朋友死时不过22岁，准备在战后同一位姑娘结婚。从那一刻开始，拉里就陷入了巨大的迷茫，开始问自己人生为什么会有恶与不幸。为了解答萦绕在脑海中的问题，拉里读了很多哲学著作，"我"就曾在图书馆中，看到他连坐八九个小时阅读哲学名著。

可是光靠阅读又怎能解决一个困扰了许多哲学家的终极问题呢？拉里需要接触更广阔的世界。此时同伊莎贝儿的爱情似乎成了拉里的负担。

拉里如果要和伊莎贝儿走下去，就必须接受世俗的行为模式，找一份高薪的工作，然后和伊莎贝儿过着富足、体面的生活。但是拉里却一心想寻求心中问题的答案。因此，拉里提出要和伊莎贝儿暂时分手一段时间，他告诉伊莎贝儿他要去巴黎待上两年，若两年之后拉里还需要继续寻找答案，就解除婚约。尽管伊莎贝儿不能理解拉里到底要寻找什么，但还是答应了他的请求。

毛姆从没有明确解释为何将本书取名为"刀锋"，但是却在《刀锋》的扉页，引用了《迪托·奥义书》中的一句话说明了名字的来源："一把刀的锋刃很不容易越过，因此智者说，得救之道是困难的。"

在《刀锋》里，毛姆在探索人的得救之道是什么。拉里经历了一系列的人生变故，因此对世人眼中富足、体面的生活失去了兴趣，转而对人生的价值和意义充满了好奇，这使得拉里这个角色闪烁着哲学的光辉。而伊莎贝儿紧紧抓住的是穿漂亮衣服、参加豪华派对的快乐生活，从另一方面来说，这是她的得救之道。

对比之下，伊莎贝儿的三观显得肤浅无知，可是作为读者，我们却不忍心责怪她。因为我们很多人都像伊莎贝儿一样在乎物质享受，但偶尔又希望自己能像拉里一样放下一切身外之物，直奔诗和远方。伊莎贝儿坚信刀的这一面是美好的，拉里却想越过刀锋，寻找另一种得救之道。

Day 2.

三观不合的情侣，终难走到一起

　　这之后很长一段时间，"我"都没有听到任何有关拉里和伊莎贝儿的消息。直到第二年的6月，"我"才再次在伦敦见到了伊莎贝儿的舅舅艾略特。一见面，艾略特就开始向"我"抱怨拉里的种种恶劣行径。原来，艾略特本打算利用自己在上流社会的关系，帮助拉里度过在巴黎的日子，于是让拉里在抵达巴黎后就给他写信。哪知拉里悄悄到巴黎安顿下来，并未理会艾略特的盛情邀请。

　　艾略特在得知拉里已经到达巴黎后，曾试图联系他，可是拉里一直通过美国旅行社的转接和艾略特通信，坚决不透露自己在巴黎的住址。他邀请拉里共进午餐，为拉里和上流社会牵线搭桥，拉里却以自己不吃午餐为由，粗鲁地回绝了。

　　艾略特对"我"说："他的回信写在一张乌七八糟的信纸上，上面印有一个拉丁区咖啡馆的名字……"对拉里的处境，艾略特充满了不屑，显然拉里的生活在他眼里失了体面。

　　艾略特仍然一脸轻蔑地说："恐怕他是个极端没有出息的青年人，我认为伊莎贝儿嫁给他是个大错。说到底，如果他过的是正常生活，我在里茨酒吧间或者富凯饭店，或者什么地方总该会碰见他。"

艾略特是一个十分在乎自己上流社会身份的人，因此在艾略特的眼中，拉里没有出现在巴黎上流社会的时髦地带，实在是因为他没有上进心。不过显然拉里对巴黎的时髦之地没有任何兴趣，"我"在巴黎的蒙帕纳斯区吃晚饭时，有幸碰到了拉里。能见到一位老朋友，拉里显得很高兴，他主动邀请"我"明天共进午餐。

"艾略特说你不吃午餐。""我"打趣道。

拉里笑了："可是我想和你吃。"

午餐过程中，"我"和拉里聊到了各自的近况。拉里说他在巴黎看书学习，偶尔和伊莎贝儿通信，伊莎贝儿写信说她将在明年和母亲一同来到巴黎度假。不过拉里似乎不愿意过多地向"我"透露自己的近况。

第二年3月，"我"才再一次来到巴黎，伊莎贝儿和母亲布夫人也已经来到巴黎安顿下来。伊莎贝儿和布夫人一到巴黎，艾略特就为她们安排了"体面的生活"。他给母女二人配置了贴身女仆、定制了贵重的时装，还为她们安排了几场重大的宴会，他甚至对外谎称布夫人死去的丈夫生前是大使。

"一个大使的孤孀要比一个专员的孤孀有身份。"艾略特这样向布夫人解释。可以看出，艾略特对身份和地位有着近乎可笑的执着，他用尽全力维持着上流社会的体面。因此不难理解为何他总是看不起拉里。艾略特向布夫人讲述他为了将拉里引入巴黎社交界所做的种种尝试，以及拉里是如何不知好歹地拒绝了他。

一天，伊莎贝儿和拉里相约出游。伊莎贝儿提出要去参观拉里的住所，拉里便带她来到了一家很不像样的小旅馆中。这就是拉里两年来所居住的地方：一张简单的双人床、一张桌子、一把不太舒服的椅子，以及散落在房间中的书籍和笔记。眼前的场景，让习惯了锦衣玉食生活的伊莎贝儿大吃一惊。

"这地方太肮脏了！"伊莎贝儿直言不讳。

"不，我觉得这里不错，我只需要这样。"拉里说。接着，拉里向伊莎贝儿讲述了自己两年来的生活。

进入这个破烂房间的一刻，伊莎贝儿见到了拉里不为自己所知的一面。而现在，她简直对拉里感到陌生。可怜的伊莎贝儿听着拉里讲述她并不理解的事物，内心越发窘迫。那一刻，她一定觉得她熟悉的拉里变得遥远了，眼前的这个人说着一些疯言疯语，却只字不提何时回芝加哥以及他们的婚约。她隐约地为二人的未来感到担忧。

果然，拉里表示他还要将这件事进行下去，直到他搞明白那些问题为止，比如，世界上到底有没有上帝、世界上为什么会有恶、人死后灵魂是否还存在。

他希望伊莎贝儿能嫁给他，靠着他一年3000块的收入，两人能在巴黎过着相对宽裕的日子。伊莎贝儿则觉得拉里疯了，她不明白一个人为什么放着好日子不过，非要跑去研究几千年来都没有人能解决的问题。

伊莎贝儿虽然年轻，脑子却清醒得很。她直接指出拉里提议的生活对她是多么不公平，她再也不能过自己想要的富足生活，拉里也不会想办法挣钱。

拉里想寻求精神的富足，他不在乎身份地位、不在乎吃穿用度，只怕自己成为一个富有的空虚之人，那会腐蚀他的灵魂；而伊莎贝儿，很坦诚地告诉拉里她有欲望，她需要物质带给她的快乐。即使两人真的相爱，面对价值观上巨大的隔阂，这一段感情也很难继续走下去。

伊莎贝儿慢慢地摘下了手上的红宝石订婚戒指。她不是一个会被爱情冲昏头脑的小姑娘，她爱拉里，可拉里无法给她满意的生活。这场爱情，也就这样结束了。

年轻的爱情有时就是如此不堪一击，在现实的巨大压力下会瞬间分崩离析。

拉里和伊莎贝儿都是理智的，他们自知给不了对方想要的生活，就用最平和的方式结束了这份爱情。毛姆笔下的伊莎贝儿很真实，就如她自己所说，是个正常的姑娘。她生活在富足的环境下，习惯了高高在上的地位，她本能地感到金钱的重要，她认为人应该赚钱是天经地义的事。她没有经历过拉里所经历的人生沉浮，自然不会毅然决然地放弃拥有的一切，试图和拉里一起去寻找虚无缥缈的问题答案。

爱情是爱情，婚姻是婚姻，这两件事从不能一概而论。

拉里想越过刀锋，寻找在另一面的得救之道；而伊莎贝儿安于待在刀的这一面，刀的另一面如何与她无关。他们爱过，只不过爱错了人。

毛姆是这样描写伊莎贝儿的心理的：对这件事解决得这样容易，感到有点诧异。她没有哭。除掉她不会跟拉里结婚外，好像什么都没有改变。她简直不能相信什么都完结了、结束了……这件事就这样平心静气地谈妥了。

毛姆的语言很巧妙，他不动声色地向读者暗示了伊莎贝儿未来的命运。

Day 3.
格局越大，人生的路就越宽

　　和拉里分别后，伊莎贝儿心事重重地回到了家中。不巧的是，母亲布夫人还有舅舅艾略特正在接待几个有身份的朋友。客人中有两个富有的美国女人。两位美国女士聊到了参加过的宴会，聊到了最近的八卦，她们从一个大人物聊到另一个大人物，仿佛她们无所不知、无人不识。她们口中最新的话剧、最受欢迎的时装设计师和人像画家，无一不深深地吸引着伊莎贝儿。伊莎贝儿听呆了，她觉得这一切都非常文明，这才是生活，她甚至有种置身其中的惊喜感。

　　客人散去后，伊莎贝儿才有机会告知布夫人和艾略特她已经和拉里解除了婚约。听到这一消息后，艾略特首先想到的竟然是明天的午饭："这样一来可就糟糕了，这样短的时间，叫我去哪儿再找一个人呢？"伊莎贝儿则表示，拉里还是会出席明天的午宴，她和拉里还将保持朋友的关系。

　　事实上，拉里和伊莎贝儿不仅共同出席了第二天的午宴，而且二人仍旧继续着分手前约定好的活动。拉里依旧亲热地对待伊莎贝儿，丝毫不显窘迫，伊莎贝儿也没有表现出任何悲伤，好似这项重大的决定并没有影响她分毫。

眼下巴黎的社交季即将结束，继续留在此处也没有任何意义，艾略特就带着伊莎贝儿和布夫人来到了伦敦，开始了新一轮的社交生活。对于艾略特安排的丰富多彩的社交活动，比如温布尔顿网球赛、古德伍德的赛马和考斯的赛船，伊莎贝儿都显得兴致勃勃。伊莎贝儿好像根本没有把同拉里分手这件事放在心上，布太太也终于放下心来。

差不多一年半之后，在一次艾略特的宴会中，"我"看到了出席宴会的伊莎贝儿被穿着漂亮衣服的高大年轻人包围着。显然，年轻貌美的她现在已经成为男性的抢手对象。

看到"我"后，伊莎贝儿把"我"拉了出来，说道："我想跟你谈一件事情，能不能哪天一起吃个午饭。"我们约定了一起去汉普顿宫附近赏花并吃午餐。和"我"预想的一样，伊莎贝儿找"我"是因为拉里。她向我详细讲述了和拉里分手的过程，以及她是如何不能理解拉里的理想。虽然和拉里的分手并未给伊莎贝儿带来太多的痛苦，但是显然她却为此感到困扰，她试图理解拉里的行为，以及发生在他身上的变化。

"拉里如果把那些精力都放在工作上，他会有一笔很可观的收入……可是他费劲学习那些语言有什么用处呢？"

"有些人对做某一件事情具有那样强烈的欲望，连自己也刹不住车，他们非做不可。为了满足内心的渴望，他们什么都可以牺牲。""我"解释道。

伊莎贝儿承认她对拉里感到抱歉，她也曾想过若是她足够大度，就会答应他的请求。可是她更想要正常女孩子的生活，她清醒地知道拉里的提议对她多么不公平，拉里能够按照自己的意愿遨游天地，而她只能在拉里的身后过苦日子。

伊莎贝儿并非表面上那般天真烂漫，恰恰相反，她对拉里的感情中带有一种贪婪的占有欲。当拉里决定在追寻理想的道路上越走越远时，他也正在从伊莎贝儿的手中溜走，这无疑让伊莎贝儿感到强烈的不安。伊莎贝儿告诉"我"，在巴黎的最后一晚，她和拉里相约共同度过。他们吃了饭，然后一起跳舞喝酒，热烈的气氛让两人都有些飘飘然。伊莎贝儿隐约地感到，这是她让拉里回心转意的最后机会。

二人相依偎着跳舞，伊莎贝儿心想，如果她能让"那个不可避免的事情"发生，她就可以在回到美国后给拉里写信，告诉他自己怀孕了，这样拉里就必须回到美国。伊莎贝儿责备自己没有早一点想到这个计策。可是望着拉里丝毫没有怀疑的眼神，伊莎贝儿最终没能做出这件事。

"我不高兴，也不懊恼，只是这不是我能做得了主的事情……你可以说这是我性格中好的一面。"伊莎贝儿说道。的确，这不是伊莎贝儿能做主的事情。伊莎贝儿是个精明的女孩，她本能地感觉到孩子是不能留住拉里的。一个不顾一切想寻找救赎之道的人，谁能拦得住他呢？

毛姆的故事讲得很随意，而且很少正面对人物做出评价。

但是他能用细致的观察和叙述，在琐碎的故事中塑造出完整、真实的人物，他将自己的态度都埋藏在了精简的句子中。

毛姆塑造最成功的角色无疑是伊莎贝儿了。如果在小说开头读者还认为伊莎贝儿是个天真烂漫的小姑娘，那么通过和拉里解约一事，我们也终于认清楚了伊莎贝儿贪婪、精明的一面。和拉里的解约非但没有给伊莎贝儿带来过多的悲伤，相反却让她更加意识到金钱和地位的重要。她为解除婚约感到困扰，也仅仅是因为她再也不能像以前那样了解拉里的内心，并且能牢牢地控制住他。艾略特和伊莎贝儿都代表了美国物质社会的价值观，他们过分地强调金钱和地位至上的生活方式，因此对其他人的生活方式带有一种狭隘的批判。这一点充分体现在了他们对拉里的态度上。

故事中的"我"也知道钱的重要，也爱和上流社会的人交好，但是不同的是，"我"能理解拉里的选择，甚至崇拜拉里这种超然的人生态度。而艾略特和伊莎贝儿盲目地反对拉里选择的生活方式，对拉里丰富的精神世界一无所知。这种消极又狭隘的态度，实际上缩小了自己人生的维度，让自己成为被囚禁在钱权中的奴隶。

你坚定地相信某一种人生选择是你的自由，可这并不代表你要反对一切和你相悖的选择。人生有很多种可能，我们始终要带着宽容的心和理解的态度对待身边和你不同的人。

Day 4.

追求自我，没有非黑即白的评判标准

自从在伦敦和伊莎贝儿一别，"我"大概有10年没见到拉里和伊莎贝儿了。再次和二人重逢后，"我"才得以知道他们各自的故事。那时，他们都已在自己选择的道路上坚定地走了很远。拉里竟然跑到了煤矿上做劳工。

拉里来到了位于英国的煤矿村，据他所述，那个村子里的建筑单调乏味，让人感到压抑。许多矿工在战争中牺牲，矿上很缺人手，因此拉里顺利地拿到了一个矿工助手的工作。随后，拉里在当地一个年老的寡妇家找到了便宜的住所，和一个名叫考斯第的波兰人合住一间房。

考斯第是一个长相粗犷的人，可是举止和谈吐不俗，还能说一口正宗的法语，应该是个受过良好教育的人。考斯第告诉拉里，他是沙皇手下一名将军的儿子，上过贵族军事学校，还在一战中做过骑兵军官，后来因为密谋刺杀活动被人出卖，沦落至此。

相似的学识和经历让拉里和考斯第给对方留下了好印象，拉里成为考斯第的工作助手。二人在工作之余经常一起喝酒打牌。考斯第打牌爱作弊，但赢了钱之后就给拉里买酒喝，好像他很享受这个过程，这让拉里觉得他很有趣。

而真正让拉里对考斯第充满兴趣的是他粗犷外表下的另一面。考斯第常常在喝醉酒时谈起神秘主义，谈论万物的本性，谈论极乐世界……这无疑让追求真理的拉里兴奋不已。

再后来，春天来了。考斯第和拉里决定离开矿场，一路流浪至德国，拉里随着考斯第学习德语，到德国时，他已经能和当地人进行基本对话了。

喝多了酒后，考斯第仍旧会说出一些深刻的东西。他谈论从逃避孤独中找到孤独、谈灵魂的黑夜、谈造物和主宰合为一体的极乐境界，这些都深深地吸引着拉里。

可是当考斯第清醒时，他就恢复了平时放荡不羁的形象，并且拒绝和拉里谈论任何深刻的东西。拉里觉得，他从事体力劳动是故意折磨自己的血肉之躯，以此来实现对自己本能的反抗；他渴望上帝，但是又惧怕上帝给他带来的困惑。

后来，拉里和考斯第终于从农场主老贝克尔手里找到了一份工作。老贝克尔的儿子在大战中牺牲了，留下了一位年轻貌美的妻子爱丽，还有一双儿女，他们也住在老贝克尔的农场上。

一天晚上，爱丽偷偷爬上了拉里的床，迫使他和自己发生了关系。这件事发生后，拉里觉得无法继续留在农场，就连夜收拾行李离开了村子，只身前往波恩。

煤矿和农场的经历能让追求真理的拉里觉得这样的生活很

痛快。他出发时没带着很多钱，他也不需要很多钱来解决温饱，他只需要劳动、看书和生活。

也许当一个人的生活如此简单之时，他也就对来自世俗的、欲望的烦恼免疫了。拉里的生活充满了不确定性，对真理的追求使得他东奔西走，体会人生百态，放浪形骸；但是伊莎贝儿的生活就平淡多了，和拉里分手后，她依旧走着白富美的道路，生活虽没有拉里那般跌宕，却也很快乐。

和拉里分手的第二年6月，伊莎贝儿就和格雷·马图林结婚了。格雷·马图林是投资人亨利·马图林的儿子，不仅家财万贯，挣钱的本领也很强。婚后，亨利·马图林的生意也越发蒸蒸日上，美国的日益繁荣让这一家子大赚了一把，每一个人都沉浸在纸醉金迷的美国梦中。

格雷对伊莎贝儿宠爱有加。婚后的伊莎贝儿生下了两个女儿，格雷分别送给她钻石戒指和黑色貂皮大衣表示爱意和感谢。伊莎贝儿的生活就如同她期望的那样平静美好。

然而平静的生活在1929年10月23日那一天被打破了。纽约的证券市场崩溃，马图林的公司陷入了巨大的灾难之中，亨利·马图林的万贯家财化为乌有。

这事发生后不久，亨利·马图林就突发心脏病去世了。留给格雷·马图林的是一个巨大的烂摊子。他的投资少有收益，银行又拒绝贷款给他，走投无路的他只好宣布破产。他和伊莎贝儿抵押了父亲的房子和二人豪华的住所，变卖了伊莎贝儿的首饰，唯一留下的财产就是一个在南卡罗来纳州的农场。

公司破产后，格雷由于巨大的精神压力，患上了严重的头疼病，几乎无法做任何工作。他们一家只好搬到农场，以便格雷好好养病。纽约市场的巨大崩溃并未对艾略特造成丝毫影响。在经济大萧条之前，他就听从一位梵蒂冈朋友的建议，将所有的股票都变卖换成黄金，躲过了一劫。这一经历让艾略特相信自己是受上帝庇护的，因此他拿出了不少钱替教皇建造了一个教堂，教皇也礼尚往来，赐予了他一个爵位。

虽然艾略特极其重视社交，但他的家族观念也很强，当他收到伊莎贝儿的电报说布夫人病重时，就放弃了欧洲丰富多彩的社交活动，赶往美国陪姐姐最后一程。

一个月后，布夫人去世。艾略特邀请伊莎贝儿和格雷前往巴黎居住。他还慷慨地承担了格雷和伊莎贝儿一家的全部开销。

这一场事故为我们展示了艾略特和伊莎贝儿的另一面。面对家族破产、母亲去世等接踵而至的悲伤消息，伊莎贝儿一直保持着冷静、理智，她的坚强不屈也颠覆了那个爱玩乐、娇生惯养的小女孩形象。至于艾略特，他虽然势利、狭隘，但却是个家族观念强、慷慨和善的人。

连毛姆都不禁感慨：谁能够否认艾略特这个最大的势利鬼，也是最仁慈、最体贴、最慷慨的人呢？

而拉里只做他自己认为对的事，因此他的人生没有世俗的种种烦恼。

人生对每个人来说都不尽相同，有人选择追求自己的真理，有人则选择社会的普遍真理，哪里有什么非黑即白的绝对价值体系？

在人物的塑造上，毛姆也尽力地做到了不偏不倚，努力还原了最真实的人物。他一面讽刺艾略特和伊莎贝儿身上沾染的物质社会的价值观，一面又赋予了他们优秀的品格，使他们更贴近现实中的人，而不是将他们塑造成过分文学化的角色。

所以有人说毛姆是在"超脱个人悲喜地描写生活"。

Day 5.

一个人的占有欲，影响他的情感质量

伊莎贝儿一家受艾略特的邀请，在巴黎安顿了下来。正巧"我"由于工作需要，要在巴黎待几个星期，因此便登门拜访了伊莎贝儿。

10年之后再见伊莎贝儿，她已然成为一个魅力十足的女人。伊莎贝儿自从和拉里分别后就再没收到有关他的任何消息，她查过他的银行取款记录，上面显示他曾到过中国、缅甸和印度。

紧接着伊莎贝儿的丈夫格雷回来了。和"我"上一次见到的格雷相比，他胖了不少，脑袋上也出现了一大块秃顶。变化最明显的就是眼神，年轻时的他是那样意气风发，而现在这双眼睛里只能看到沮丧。

有一天，"我"正在多姆咖啡馆喝着咖啡，一个蓬头垢面、衣衫褴褛的男子突然来到面前和"我"打招呼。这人竟是久未露面的拉里。他这一身落魄的样子让我以为他没钱了、混不下去了，可是拉里却说他每年依旧能拿一笔可观的收入。只不过不久前从印度回来后他就只剩这一身行头，回来后他也没觉得这样有何不妥，因此一直没有置办新衣服。

"我"向他讲述了伊莎贝儿和格雷的近况，他表示改天会登门拜访伊莎贝儿和格雷。就这样，拉里重新回到了我们的生活中。他将自己收拾了一下，重新做回了文明人。在伊莎贝儿的追问下，他向我们讲述了印度游历的经历，描述他风景优美的住所、荒无人烟的小岛，他讲瑜伽师是如何给信徒们讲道，分享他冥想几个小时后的感受。他的声音非常悦耳，给人一种平和安逸之感。

听了拉里的经历，伊莎贝儿却不禁皱起了眉头。伊莎贝儿本以为拉里还是她的，现在她却不禁感到他像一道光一样溜走了。随后的某一天，我和拉里来到伊莎贝儿的公寓，邀请夫妇二人出门吃饭跳舞，哪知格雷的头疼病突然发作，痛苦地蜷缩在书房中。

"让我看看能不能帮你一下。"拉里说。拉里拿出了一块硬币，放在格雷手中，并告诉他在数到20的时候他会将手张开，并将硬币丢下。这听上去很不可思议，可是事实就如拉里说的那样发生了。

接下来拉里用同样的方法让格雷睡着并醒来，格雷就像被催眠一样跟随拉里的指示，醒来后头疼病完全没有了。格雷坚信拉里能帮助他治疗头疼病，只要发病就一定要拉里在身边。

拉里回到了我们的生活中，可是他却小心翼翼地和我们保持距离，这一点连"我"都能清楚地感觉到。他从不告诉我们他的住所，也不将自己的全部公开出来，仿佛他将自己藏在了灵魂深处。

在巴黎的日子里，"我"又遇到了一位老朋友苏珊·鲁埃维，她是故事中唯一一个知道拉里失去战友这件事的人，也是她将这件事转述给了"我"。苏珊·鲁埃维是个不大漂亮的法国女人，靠给画家们当情妇和模特为生。

实际上，苏珊是个极有智慧的女人。她和画家们同居，可是绝不会爱上他们。苏珊唯一一次犯糊涂是爱上了一个长相相当帅气的瑞典人，她和他同居了三年，并生了一个女儿。后来瑞典人的父亲病重，给苏珊留下一万法郎后就离开了，从此再也没有回来。瑞典人走后，苏珊不幸染上了严重的风寒，瘦得只剩下皮包骨，很难再找到一个愿意养她的画家了。

就在苏珊绝望的时候，拉里出现了。拉里提议苏珊还有苏珊的女儿一起随他到乡下住一段日子。对于这一慷慨的提议苏珊感到诧异，可是拉里是那么真诚，让人不由自主地就相信了他。

格雷在拉里的治疗下，身体有了明显的好转。6月快结束时，"我"因为工作原因要离开一段时间，就在离开的前一天"我"邀请他们一起吃晚饭。

那天晚上伊莎贝儿坚持要去一个低俗的巴黎娱乐场所，一个喝醉酒的美国女人叫住了我们。她顶着一头乱糟糟的红发，穿着一身廉价低俗的衣服，脸上画着庸俗的妆，手里还挽着一个男人说说笑笑。我身边的三人见到她都显得很惊讶。

原来她是索菲·麦唐纳，伊莎贝儿之前的朋友之一。年轻时她嫁给了一个名叫鲍勃·麦唐纳的律师，还生了一个孩子。

伊莎贝儿说她从未见过如此相爱的两人，他们做什么都在一起。一天晚上三人外出发生了车祸，鲍勃和孩子当场死亡，只有索菲幸存了下来，从那时起她便发了疯一样地堕落了。

我和格雷为一个好女孩堕落至此感到哀伤，伊莎贝儿却并不同情索菲："一个正常的人碰到这种事情总要恢复过来的。她所以垮掉是因为她本来就有劣根，天生就是个不健全的人；她如果性情坚强的话，总应该有办法过下去。"

一直沉默不语的拉里突然说话了，像是对着过往岁月自言自语："我记得她14岁时，是一个谦虚的、高尚的、充满理想的孩子；碰到什么书都看，我们时常在一起谈书……""战后我回来时，她读了许多关于工人阶级情况的书，她想做一个社会工作者。她的牺牲精神很使人感动……她给人一种幽闭贞静和灵魂高洁的印象。那年夏天，我们时常碰面。"

拉里的话让伊莎贝儿感到愤怒。我们不知道伊莎贝儿对拉里还残留着多少爱情，可是她对拉里始终有着一种可怕的占有欲，她天真地希望拉里的生活中只有她一个女人。拉里回来时，她知道自己失去了他，但无论如何她完全拥有他的过去。现在她却知道了拉里曾经欣赏过另一个她看不起的女孩子。

秋天刚到，"我"便又回到了巴黎。伊莎贝儿急急忙忙地找到"我"，告诉"我"拉里要和索菲·麦唐纳结婚了。

Day 6.
你的选择，决定了你过什么样的生活

在那次偶遇索菲之后，拉里私下里找了索菲几次，他帮助索菲戒了酒，他们的关系就是从那时候开始的。

伊莎贝儿擅长用美丽的谎言掩饰她丑陋的目的，她费尽心思地劝"我"帮她拆散索菲和拉里，却要用冠冕堂皇的理由让这一切显得高尚。

"她会把拉里毁了的……你认为我牺牲自己，就是为了让一个疯狂的淫荡女人把拉里抓在手里吗……我放弃拉里的唯一理由，是我不想让自己影响他的前途。"她几乎哭着对我说。

"去你的，伊莎贝儿，你不和拉里结婚是为了你的方形钻石和貂皮大衣。""我"毫不留情面地戳穿了她的谎言。

"我"接着说："如果你不想完全失去拉里，就去和索菲交朋友。你要是不理拉里的妻子，拉里也不会理睬你的。"

伊莎贝儿眯着眼睛认真地听着"我"说。她在盘算着些什么，"我"看不透她的心思。

为了庆祝拉里和索菲的好消息，"我"特地宴请了各位朋友。索菲此时正在戒酒，因此整个人都显得萎靡不振。宴会上，本来不喜欢喝酒的伊莎贝儿突然对艾略特带来的一种甜酒产生了兴趣，一边品尝一边夸赞酒的味道。宴会结束后不久，索菲·麦唐纳却彻底消失了，拉里无论如何都找不到她。

6月的一天，"我"在马赛偶遇了索菲，她再次回归了原来的放荡生活，那时"我"才得以了解完整的事实。原来，伊莎贝儿约索菲一同试婚纱，当天却说女儿要看牙医，让索菲一个人在她家等。用人给索菲上了咖啡，那个放咖啡的托盘里还放着一瓶甜酒，就是宴会上伊莎贝儿大为夸赞的那种。苦苦等不到伊莎贝儿的索菲最终没能忍住，喝光了酒离开了。

几个月后，索菲被杀害了。对一个经历了人生悲喜的人来说，这可能是她最好的归宿。这之后的某一天里，拉里再次回想起自己的感情时，提到的只有拥有美丽灵魂的索菲，这应该是命运对伊莎贝儿的一个报应吧。

艾略特后来患上了严重的尿毒症，"我"每隔几天就会前去探望他，艾略特在病重期间仍旧在宴请社交名流，几天后，艾略特的身体恶化，医生禁止他走出房门。

"偏偏要在这个时候，真糟糕透了，今年这个季节特别热闹。"艾略特恼火地说。最让他恼怒的还是爱德娜·诺维马里，这个富有的美国女人的宴会邀请了所有人，却单单没有邀请艾略特，这让艾略特认为自己的社交地位岌岌可危。为了让艾略特高兴一下，"我"费尽千辛万苦为艾略特搞来一张假邀请函，艾略特看到邀请函后笑逐颜开。

他坚持让我给爱德娜·诺维马里回信，为不能参加她的宴会致歉。按艾略特的要求，我们找来了神父为他忏悔和洗礼，使他在生命的最后一刻献身于上帝。当晚，艾略特静悄悄地去世了。爱德娜还有其他人的宴会还在进行，谁也没有因为一位老朋友的离世停下脚步。

艾略特一生都在努力维持在社交界的地位，他去世后，那个圈子立即就把他忘掉了，这不禁让人思考他生命的意义究竟何在。艾略特将自己多数的财产留给了伊莎贝儿，"我"不知道这笔钱有多少，但是从伊莎贝儿心满意足的表情上就知道这个数字一定很大。她又重新得到了想要的生活。

"我"在法国后来的日子中，又偶遇了一次拉里。拉里终于向我讲述了他探寻真理的全部故事。拉里在逃离农场后，来到了德国波恩，在波恩他同一位神父交流了一段日子，他们一同讨论哲学和宗教，探讨拉里心中的疑惑。可是对拉里来说，上帝似乎无法解答为何这个世界上有恶，因此拉里告别了神父，开始了新的探索。

后来拉里成了一名水手，跟随船只到了印度，并在印度待了三年。印度人的信仰让拉里深深地折服。他见到了成千上万的信徒接受恒河的洗礼，他们从心底相信自己的信仰，丝毫没有怀疑。印度人对信仰的坚持吸引拉里探索更多，因此他像信徒一样跟随一位智者西里·甘乃夏学习深奥的哲学。拉里也终于在这里找到了苦苦追寻的东西。

为了过生日，拉里借来守林人的一所房子，来到了山上。

在山里的经历，让拉里第一次产生了回家的念头。

就这样拉里告别了印度，回到了他的世界。"我"问他："那你现在有什么打算？"

"回美国，去生活。"拉里向"我"详细阐述了他的计划。他将把自己的财产分散出去，不让它们成为自己的包袱；回到美国后，他会做一个卡车司机，挣够钱后就在纽约做一名出租车司机，藏身在茫茫人海之中。经过了多年的奔波，在超然物外的境界寻找答案的拉里，最终决定重新投身于生活，并在多样的生活中重新获得幸福。对那些匆匆忙忙的美国人来说，他将是一盏明灯，他将用他的理想感化更多追求真理的人。

拉里的故事就这样结束了。他回到美国后"我"再也没有听到过有关他的任何消息。格雷找到了一份工作，伊莎贝儿一家回到美国，开始了全新的生活。

"我"再次到巴黎时又见到了老朋友苏珊·鲁埃维，此时她早已嫁给了一位富有的人，再也不用为生活发愁，她的女儿也得到了很好的安顿。苏珊自己也开始画画，并即将举办个人的首次画展。

故事就这样结束了。

Day 7.
不要活在别人的期待中

　　《刀锋》故事开始于拉里在战争中失去了亲密的战友，他对世间为何有恶产生不解，对生命中的不幸产生了巨大的无力感，因此踏上了追寻上帝和真理的旅程。

　　读者对拉里的解答满怀期待，可惜直到最后，毛姆也没有确切地写出拉里寻求了那么久的答案是什么。他只给了我们一个模糊的轮廓，用晦涩的印度教教义做了解答，大多数读者还是不知道那个所谓的真理是什么。毛姆是否野心太大，将故事的中心定得太高，最后苦于能力有限而在结尾处草草了事呢？我认为答案是否定的。

　　毛姆所提出的问题，是没有哪一本书、哪一个作家或哲学家能够解答的普世问题，千百年来都未曾有人给出准确的答案，可是这些问题又像一个神秘的宝藏，让人们趋之若鹜。小说家的职责，就是用主角的矛盾表现人们在解决问题中产生的困惑。

　　在拉里的故事中，毛姆带给我们的思考是：精神与物质，究竟谁才应该是我们追寻的终极目标。

　　《刀锋》中的人物，被毛姆分成了两大对峙的阵营：一方以拉里为代表，崇尚内心丰富的精神世界；另一方以伊莎贝儿、艾略特等人为代表，在他们心中物质是与悲喜紧密相连的，社会体系下所认定的成功，就是他们毕生所求。

在故事中，拉里是一种精神的表达。他本不是个拥有大智慧的人，可是却因为战争中的一场灾难，开始思考普世的哲学问题：恶为什么存在，人生的真正意义又是什么。

这种思考并不能说明拉里是特殊的，因为我们每个人的脑海中都曾闪现过这些问题。真正将拉里转化为一种精神力量的，是他追寻问题的勇气与决心。相比之下，大多数人只会无端空想，那些社会体系下的条条框框是他们的牵绊，他们一生不能挣脱物质的束缚，因此得不到真理。

故事最后，拉里选择重新投身于生活，混迹于茫茫人海中体会人生百态，用自己的思想来照亮处在人生迷茫中的人。西里·甘乃夏曾教育他说：脱离苦海要去掉一个"我"字。因此拉里散尽了钱财，成为绝对自由的人。

在众多的配角中，能被划分至拉里阵营的，恐怕只有悲剧的索菲了。拉里说她拥有一个美好的灵魂，这不仅仅是因为她读书多，更因为在她身上有着丰富的感情。

《奥义书》说：一把刀的锋刃很不容易越过，因此智者说，得救之道是困难的。当人们义无反顾地寻求得救之道时，他们就变得如锋刃一般具有毁灭性，拉里毁灭了他和伊莎贝儿的爱情，而索菲毁灭的是她自己。

拉里和索菲的对立面，是伊莎贝儿、艾略特和格雷等人。

按照社会的评判标准，伊莎贝儿简直是一个近乎完美的人。她的原生家庭富足高贵，但她对他们的感情不是单纯的爱，而是强烈的占有欲。

艾略特将社交活动看得比一切都重要。可是这样一位游走在社交界，并且拥有广泛人脉的人，在病重之时却没人前来探望。艾略特穷尽一生，追求的不过是巨大的虚无，一切满足都在生命的最后一刻支离破碎，这不禁让人感到可悲和可笑。

格雷虽然存在感很低，但是在毛姆的只言片语中，他不似伊莎贝儿那般自私，他真诚地爱着伊莎贝儿和两个女儿。可格雷是个不大聪明的人，他努力地迎合世俗的标准，做一个别人眼中的成功人士，当他努力维护的形象因为经济危机成为泡沫时，他就对自己产生了深深的怀疑，将自己看作人生的失败者。

当你被迫接受了世俗的标准，世俗也就绑架了你，让你在金钱、权力中失去自我意识，一旦你失去了那些东西，人就像失去了灵魂一般。

毛姆理解每一个人的选择，接受每一种生活方式。但毛姆最终没有道出世界的真理，也没有告诉我们，人究竟要像拉里一样活，还是要像伊莎贝儿一样活，这些问题将永远不会有标准答案。

《刀锋》的最后，寻求真理的拉里回归了茫茫人海，选择体会人生百态。人生本就有无限种可能，请不要让自己活在别人的期待中。无论是放浪形骸，还是安稳度日，只要是适合你的生活，就放手去追求吧。

《百年孤独》

唯有孤独永恒

［哥伦比亚］加西亚·马尔克斯

　　1982年，瑞典文学院在诺贝尔文学奖颁奖时说："它创造了一个独特的天地，汇聚了不可思议的奇迹和最纯粹的现实生活。"

　　《纽约时报》也评价说：它是"继《创世记》之后，首部值得全人类阅读的文学巨著"。

　　它是诺贝尔文学奖中令人"谈之色变"的作品——哥伦比亚作家加夫列尔·加西亚·马尔克斯的经典大作《百年孤独》。

Day 1.

他用一支笔，写尽了所有人的孤独

马尔克斯是在外祖父家长大的。他的外祖父是个退役军官，曾经当过上校，思想激进，但为人善良。他的外祖母非常有文化，博古通今，有一肚子的神话传说和鬼怪故事。受外祖母影响，马尔克斯7岁就开始读《一千零一夜》了。因此，在马尔克斯幼小的心灵里，他的故乡是一个充满了幽灵的奇异世界。

马尔克斯文字当中最大的一个特点，就是孤独。

与其说他是一位因孤独而出名的作家，不如说他是因为谴责孤独而出名的。这跟他本人的性格有很大的关系。马尔克斯年轻的时候，曾经到巴黎避过难，身无分文，又听不懂法语，只好四处流浪，靠卖报纸过日子。

有一天，他来到了一家旅馆，老板娘看他穿得破破烂烂的，又交不起房租，当场就想撵他走，但老板却不知道为什么，大发善心让他住了下来，而且一住就住了很久。直到马尔克斯因为写《百年孤独》这本书出了名，有了钱，回到旅馆来还债，老板娘才告诉他一切。

尽管老板那个时候已经去世了，但他说过，像马尔克斯这样没饭吃、没衣服穿的人，还在读报纸，他迟早会有大出息的！不得不说，老板确实拥有一双识人的慧眼。

但这也反映出了马尔克斯孤独的性格，默默地读书、默默地写书，他本人就是被孤独环绕的最好例子。《百年孤独》这本书改变了他的窘境，让他从分文不名的流浪汉摇身一变成为炙手可热的世界级作家。

本书开篇第一句话就让人眼前一亮："多年以后，奥雷里亚诺上校站在行刑队面前，准会想起父亲带他去参观冰块的那个遥远的下午。"

短短一句话就让人一瞬间浮想联翩，同时，又在不动声色的叙述中隐藏了一种深沉的悲凉感和一种无可奈何的宿命感，让人满怀好奇，继续读下去。

简单来说，《百年孤独》讲述了一个百年大家族，历经七代都没能摆脱孤独，最终被大风吹走的离奇故事。整个故事围绕着一本羊皮手稿展开的，直到家族第六代继承人最终破解出来，才发现写的是对这个家族的预言："家族中的第一个人将被绑在树上，家族中的最后一个人被蚂蚁吃掉。"在译完手稿最后一章的瞬间，一场突如其来的飓风把整个村镇从地球上刮走了。

家族的第一代是一对夫妻：丈夫叫何塞·阿尔卡蒂奥·布恩迪亚，他喜欢陪死人唠嗑，有着很强的好奇心和求知欲，但是缺少常识。他曾用一匹骡子和两只山羊置换了两块磁铁，企图靠磁铁来淘金；还用两块磁铁和三个金币，置换了望远镜和放大镜，企图靠聚焦太阳光制造武器，结果差点儿烧了自己家。到了晚年，他常常想入非非、刻苦钻研，夜不成寐、食不下咽。最终精神失常，被家人绑在树上。

他的妻子是乌尔苏拉·伊瓜兰。她靠制作糖果发家致富，是一个吃苦耐劳、勤俭持家的女人，可谓家庭的"顶梁柱"。她极为长寿，活到了至少115岁，堪称家族的"活化石"。

布恩迪亚和乌尔苏拉是表兄妹，两人青梅竹马、两小无猜。即便村落里有过"近亲结婚"的先例，曾生下来一个长着猪尾巴的孩子，人未到中年便不幸夭折，但这个"诅咒"并没能阻挡二人在一起的念头，于是他们如愿成婚。婚后，乌尔苏拉因母亲的警告，生怕重蹈覆辙，便整日穿着守贞裤，不肯与丈夫同房。好事不出门，坏事传千里，不久这件"夫妻房中事"便尽人皆知。

邻居普罗登肖嘲笑布恩迪亚不通人道，两人决斗。普罗登肖被长矛刺中咽喉，登时毙命。布恩迪亚则在回家后，当即强行与妻同房："你生下蜥蜴，咱们就抚养蜥蜴，可是村里再也不会有人由于你的过错而被杀死了。"

流言制止了，普罗登肖的鬼魂却从此缠上了这一家。无奈之下，夫妻二人只得远走他乡。经过两年的长途跋涉，终于在一条人迹罕至的小河边建村定居，并给村庄取名为"马孔多"。

几年之后，马孔多人口增至300人。吉卜赛人每年如约而至，总会带来一些村民们从未见识过的"新鲜玩意儿"。而这着实让布恩迪亚着了迷，自此足不出户，终日埋头搞研究，从一个勤劳能干的出色青年变成了一个想入非非、不务正业的老顽固。

最开始，他用一匹骡子和两只山羊置换了两块磁铁，妄想靠磁铁来淘金。他用磁铁勘察了周围地区的每一寸土地，甚至河床。但掘出的唯一东西，是15世纪一件生锈到变形的铠甲。后来，他又用这两块磁铁加上三枚金币，置换了望远镜和放大镜，企图靠放大镜聚焦太阳光来制造武器。

"他把阳光的焦点射到自己身上，受到灼伤，伤处溃烂，很久都没痊愈。这种危险的发明把他的妻子吓坏了，但他不顾妻子的反对，有一次甚至准备点燃自己的房子。"

他甚至写了一封很厚的信件上交政府，却迟迟没有得到回应。于是他放弃了这一想法，转而投入下一次的疯狂中。继而，他获得了航海图和航海仪器，经过长期熬夜和冥思苦想，精疲力竭的他终于得意扬扬地宣布了自己的发现：地球是圆的，像橙子。而这个在他看来极其了不起的发现，在马孔多以外的世界里，早已是公认的事实。

再后来，他获得了炼金实验室设备，并以饱满的热情全心投入炼金大业中，把三十枚好端端的金币烧成了焦煳的渣滓……总之，除了热情，布恩迪亚一事无成。最终，甚至因为想入非非而精神失常，被家人绑在树上。

相比之下，他的妻子乌尔苏拉就显得能干得多。

"为了出色地实现自己的愿望，乌尔苏拉活像个做苦工的女人，在修建过程中一直艰苦地劳动，甚至在房屋竣工之前，她就靠出售糖果和面包赚了那么多的钱……"

　　在不懈的努力下，乌尔苏拉建成了当时镇上最大、最豪华的房子，甚至在马孔多镇饱经战乱而群龙无首的时候，是她靠威信用一己之力掌管了市镇，才使其渐渐恢复了以往的平静生活。她是这个百年大家族中寿命最长的人，见证了家族的兴衰更替，用瘦弱的身躯守护了一代又一代的子孙。

　　她最可贵的品质就是活得清醒而通透，她不像丈夫一样"这山望着那山高"，而是按部就班地做好手边力所能及的每一件小事。而小事的积累，终将迎来质的飞跃。

Day 2.

他一路奋战，却成为自己最讨厌的那种人

马孔多的布恩迪亚家族第二代是一对兄弟。

布恩迪亚与乌尔苏拉的长子

全名：何塞·阿尔卡蒂奥

爱好：性

优点：耿直，我行我素，身材好（人称"魁梧文身男"）

缺点：太耿直且胸无大志

晚年：没活到晚年

经历：先是与占卜女私通，生有一子，后与吉卜赛女郎相爱
并离家出走，回来后与母亲的养女丽贝卡结婚，被赶出家门

死因：被枪杀死于家中，凶手至今未归案

布恩迪亚与乌尔苏拉的次子

全名：奥雷里亚诺·布恩迪亚

爱好：少年沉迷炼金、中年沉迷战争、老年继续沉迷炼金

优点：与众不同，打娘胎里就会哭，睁着眼睛出世，从小
就有预见事物的本领

缺点：沉默寡言，前期正义，后为权力所累

经历：情窦初开时与哥哥的情人占卜女生有一子，后爱上了年龄能当自己女儿的蕾梅黛丝，陪她一起长大。蕾梅黛丝意外死亡后参加内战，成为上校，发动32场战争，遭遇14次暗杀、73次埋伏、1次枪决和1次自杀，均大难不死。跟17个外地女子姘居，生下17个男孩

晚年：与世隔绝，沉迷做小金鱼无法自拔，做了熔化掉，然后重新做，周而复始，孤独终老

死因：在树下小解时正常死亡

布恩迪亚将炼金术传给了两个儿子，但兄弟二人的反应却截然不同。

布恩迪亚把提炼出的金子——一块微黄的干硬东西拿到大儿子阿尔卡蒂奥眼前，问道："你看这像什么？"

阿尔卡蒂奥直耿耿地回答："像狗屎。"

哥哥胸无大志，弟弟奥雷里亚诺却沉迷此道，用炼金术来锻造首饰和小金鱼。除了吃饭，他几乎不到实验室外面去。

还是父亲布恩迪亚对他的孤僻感到不安，给了他房门钥匙和一点钱，让他出去找找女人。奥雷里亚诺却转眼就拿钱买了盐酸，制成王水，给钥匙镀了金。奥雷里亚诺自小与众不同，他是睁着眼睛出生的，并有与生俱来的预言能力。有一次，母亲乌尔苏拉将罐子好端端放在桌子上，奥雷里亚诺突然冷不丁地预言说罐子会摔碎，结果真就莫名其妙地应验了。还有一

次，奥雷里亚诺突然盯着母亲，把她弄得手足无措起来。

"有人就要来咱们这儿啦，"他说，"我不知道来的人是谁，可这个人已在路上啦。"

果不其然，几日后，丽贝卡来到了这个家。多年后，感情不顺的丽贝卡最终嫁给了大儿子阿尔卡蒂奥。而那时候的阿尔卡蒂奥已经完全换了一个人。

早年时期的阿尔卡蒂奥胸无大志，浑噩度日。先是跟占卜女郎私通生下一子，后又随着爱上的吉卜赛女郎，离家出走多年。回来后一意孤行要与丽贝卡结婚，被母亲赶出家门。

"她是你的妹妹呀！"

"这不要紧。"

"这是违反自然的，此外，也是法律禁止的。"

"我不在乎自然。"

丽贝卡虽不是阿尔卡蒂奥的亲妹妹，但他确实吃了窝边草。

所以这段只有情欲而不现实的结合注定无法长久。最终，阿尔卡蒂奥被不知凶手的暗枪杀于家中，了此一生。

二儿子奥雷里亚诺注定是与众不同的存在，长大后，他因为信仰加入了自由党，却渐渐迷失了方向。最初的他，是充满正义感的，面对自由党人为党派之争的大肆屠杀，他义愤填膺地反对："你不是什么自由党人，你只是一个屠夫。"

但后来，他却变成了脚穿高筒皮靴、肩挎步枪的暴动分子。一向尊敬的岳父斥责他草菅人命，他却对此不屑一顾。

"奥雷里亚诺，这是发疯。"

　　"这不是发疯，这是战争。别再叫我奥雷里亚诺，从现在起，我是奥雷里亚诺上校了！"

　　这句话，表明他开始看重名利和地位，并不择手段地去追逐。他曾反对滥杀无辜，最终却变成了草菅人命的刽子手。

　　加西亚·马尔克斯在《霍乱时期的爱情》一书中这样写道：人不是从娘胎里出来就一成不变的，相反，生活会逼迫他一次又一次地脱胎换骨。

　　奥雷里亚诺被生活逼迫着脱胎换骨，但他着实不该被磨灭掉善良的天性。奥雷里亚诺上校共计发动了32次武装起义，均遭失败。他还遭到过14次暗杀、72次埋伏和1次枪决，都幸免于难。

　　他喝了一杯掺有士的宁（一种毒药）的咖啡，剂量足以毒死一匹马，可他也活过来了。大难不死的经历让他完全变了个人。对于他的变化，就连母亲乌尔苏拉也觉得吃惊。他曾热衷战争，如今却对部下说："别拿鸡毛蒜皮的事来打扰我啦，你去请教上帝吧。"

　　这一切都是因为漂泊奋斗半生后，他终于发现拼命追逐的一切并不是自己想要的。于是他开始怀疑自己这半生戎马是否值得，并用晚年的光阴寻找着答案。他拒绝了共和国总统授予他的荣誉勋章，拒绝了政府给他的终身养老金，直到年老都在马孔多作坊里制作小金鱼，做了熔化掉，然后重新做，周而复始。

他曾跟不同的女人生了17个儿子，却无一人幸存。最终，孑然一身的他在树下小解时站着死去。

杨绛先生说：唯有身处卑微的人，最有机缘看到世态人情的真相。一个人不想攀高就不怕下跌，也不用倾轧排挤，可以保其天真、成其自然，潜心一志完成自己能做的事。

奥雷里亚诺这一生最大的遗憾，就是没有搞清楚自己想要的究竟是什么。他为所谓的信仰戎马半生，却失去了追求自由和正义的初衷。他被名利蒙蔽了双眼，被地位束缚了手足，自此变成了自己最讨厌的那种人。我们一路拼搏、一路奋战，不是为了改变世界，而是为了不让世界改变我们。

Day 3.

把爱情看得太重，要么一生幸福，要么一世毁灭

布恩迪亚家族第二代还有两位女子。

布恩迪亚与乌尔苏拉的长女

全名：阿玛兰妲

爱好：绣花

优点：勇敢追逐爱情

缺点：为爱迷失、不择手段

经历：由于悔恨故意烧伤一只手，终生用黑色绷带缠起来，决心永不嫁人。但内心孤独苦闷，甚至与刚成年的侄儿厮混，借以作为"治疗病的临时药剂"

死因：正常老死（死前曾见过死神，遂打扮得漂漂亮亮赴死亡之约，还帮活人给死人带信）

布恩迪亚与乌尔苏拉的养女

全名：丽贝卡

爱好：吃土（从小养成的习惯，一遇事儿就吃土）

优点：独立

缺点：太过重视爱情且心理素质不行

经历：与意大利钢琴师皮埃特罗有婚约在先，被阿玛兰妲多次从中作梗，心灰意冷。后遇到离家多年后回来的"名义哥哥"阿尔卡蒂奥，天雷勾动地火，一见钟情闪婚。阿尔卡蒂奥死后深受打击，闭门不出，孤独终老

死因：正常老死

丽贝卡刚来到马孔多的时候，不肯吃饭，只在别人看不到的时候吃手、吃泥土、吃从墙上挖下来的灰充饥，在乌尔苏拉煞费苦心的帮助下，才渐渐得以纠正，但却治标不治本。

丽贝卡摆脱了恶劣的吃泥土嗜好之后，某天夜里，保姆偶然醒来，却发现她"坐在摇椅里，把一个指头塞在嘴里，在黑暗中，她的两只眼睛像猫一样闪亮"。这便是失眠症，一传十、十传百，很快，马孔多镇所有的人都染上了这种病。

先是布恩迪亚在床上翻来覆去合不上眼，再是乌尔苏拉一分钟没睡却依旧精神饱满，再是奥雷里亚诺在实验室待了整整一夜却精神抖擞……随着病症恶化，人们开始健忘，记不清许多的回忆，甚至忘记了每天都用的工具的名字。直到一位老人的到来，才拯救了一切。

失眠症消失的那一天，布恩迪亚"两眼噙满悲哀的泪水，然后才看出自己是在荒谬可笑的房间里，这儿的一切东西都贴上了字条。他羞愧地看了看墙上一本正经的蠢话，最后才兴高采烈地认出客人就是梅尔加德斯"。

作者马尔克斯用其奇幻的想象向我们揭示了一个真理：一味追求、拼命劳动而不能适时停步，往往适得其反。这件事也间接刻画了丽贝卡的人物形象：孤独、不幸且极端，为其今后的悲剧埋下了伏笔。

丽贝卡和阿玛兰妲同时爱上了绅士的意大利钢琴技师皮埃特罗。面对爱情，丽贝卡的表现出人意料："房门关上、灯盏熄灭之后，她回到自己的卧室，流出了热泪。这种无可安慰的痛哭延续了几天，谁都不知原因何在。"

皮埃特罗爱上了她，二人决定成婚，却遭到了阿玛兰妲的百般阻挠。无奈之下，乌尔苏拉只得把阿玛兰妲带到外地度假。阿玛兰妲临走前对丽贝卡大叫道："你别做梦！哪怕他们把我发配到天涯海角，我也要想方设法使你结不了婚，即使我不得不杀死你。"

第一次是婚礼前夕，准新郎皮埃特罗收到了一封通知他母亲病危的信。而当他马不停蹄地赶回去后，却发现母亲好端端的；第二次，婚礼好巧不巧地赶上教堂要翻新，阿玛兰妲建议婚礼和教堂揭幕一起办，会显得更有意义；第三次，阿玛兰妲在教堂竣工两个月前"掏出卧室五斗橱里的樟脑球，因为丽贝卡是把结婚的衣服保藏在橱里的"，当丽贝卡发现时，缎子衣服、花边头纱甚至香橙花花冠，都给虫子蛀坏了，变成了粉末。

"尽管她清楚地记得，她在衣服包卷下面撒了一把樟脑球，但是灾难显得那么偶然，她就不敢责怪阿玛兰妲了。"

距离婚礼不到一个月时，新衣服缝好了。这让阿玛兰妲如临大敌，她坚信如果她想不出什么办法来最终阻挠这场婚礼，那么到了一切幻想都已破灭的最后时刻，她就不得不鼓起勇气毒死丽贝卡了。嫉妒使她冲昏了头脑，故意在咖啡里放了一些鸦片酊。婚礼最终没能进行，因为死了人。死的不是丽贝卡，而是哥哥奥雷里亚诺之妻——纯真可爱的蕾梅黛丝。自此，"丽贝卡失去了希望，精神委顿，又开始吃土"。

爱人是一种能力，无论丽贝卡还是阿玛兰姐，她们都不具备这种能力。在此基础上，她们又把爱情看得太重，便容易走上万劫不复的道路。如果说阿玛兰姐最初只是能力不够，那么蕾梅黛丝意外死亡后，她便完全失去了这种能力。当皮埃特罗最终投入阿玛兰姐的怀抱时，阿玛兰姐却毅然拒绝："别天真了，我死也不会嫁给你。如果你真的那么爱我，你就不要再跨过这座房子的门槛。"

皮埃特罗说尽了哀求的话，卑屈到了不可思议的地步，仍旧没能挽回她的芳心。最终，他绝望地割腕自杀。再后来，阿玛兰姐跟侄子乱伦，爱上哥哥的军人朋友，却终身未嫁。人到晚年，仍无法摆脱内心的孤独，终日关在房中缝制殓衣，缝了拆，拆了缝，直至生命最后一刻。

她心里住着两个灵魂，一个怀着粗鄙的爱欲，拼命追逐，不顾一切地做了很多疯狂的错事；另一个却被现实重伤得体无完肤，一心想赎罪，终是无果。她是自己的魔鬼，将自己逐出了善良的天堂。越是处心积虑，越是不得善终。

Day 4.

临死前，他才明白自己多么喜爱自己最憎恨的人

布恩迪亚家族第三代，是一对同母异父的兄弟。

阿尔卡蒂奥与占卜女之子

全名：阿尔卡蒂奥（与父同名）

爱好：暴力

优点：暂无

缺点：脾气暴躁，贪赃枉法，视人命如草芥

经历：不知生母为谁，竟狂热地爱上了自己的生母，几乎酿成大错。后爱上桑塔索菲亚·德拉·彼达（任劳任怨女），掌权成为马孔多的从未有过的暴君

死因：枪决

奥雷里亚诺与占卜女之子

全名：奥雷里亚诺·何塞

爱好：性

缺点：不会排遣心情

经历：过早成熟，热恋姑母阿玛兰妲，因无法得到满足陷

入孤独，于是参军。进入军队后仍然无法排遣对姑母的思念，便去找妓女寻求安慰，借以摆脱孤独。

死因：被乱军枪杀。

阿尔卡蒂奥出生时，父亲阿尔卡蒂奥刚好处于离家出走期间。为了表达对儿子的思念，乌尔苏拉便给孙子取了和儿子一模一样的名字。与父亲的胸无大志截然相反，阿尔卡蒂奥不仅有梦想，还敢于为了梦想不择手段。

叔叔奥雷里亚诺在离开前嘱咐他："我们把这个镇子交给你了，你瞧，我们是把它好好儿地交给你的，到我们回来的时候，它该更好了。"

阿尔卡蒂奥对这个指示做了十分独特的解释。他没有想着怎么把这个镇子变得更好，而是想着怎么把自己的地位变得更高。他给自己设计了一套制服，上面配了元帅的饰带和肩章，还在腰边挂了一把带有金色穗子的军刀。

阿尔卡蒂奥在掌政之初，对发号施令表现出了极大的爱好。有时，他一天发布四项命令，想干什么就干什么。起初，谁也没有认真看待这些。直到他杀鸡儆猴，把不尊重自己的号手给枪毙了，才摆脱了"闹着玩儿"的即视感。

"你是杀人犯！"乌尔苏拉每次听到他的横行霸道，都向他叫嚷。她无情地追着阿尔卡蒂奥抽打，直到他的制服被扯破，颜面扫地。乌尔苏拉一直认为，她把自己的孙子阿尔卡蒂奥抚养成人，既没优待他，也没亏待他，而他却长成了一个乖僻、胆怯的孩子。

在阿尔卡蒂奥看来，唯一真正关心他的人是梅尔加德斯：这老头儿把令人不解的笔记念给他听，还教他照相术。他生来孤独，直到掌握市政大权、穿上神气的军服、发布严厉的命令后，他那落落寡合的感觉才消失了。他不知道自己是谁。他憎恨着应该去爱的亲人，却狂热地迷恋着不该去爱的生母。

最终，阿尔卡蒂奥在墓地的墙壁前面被枪决了。在一生的最后两小时里，他终于明白自己实际上多么喜爱自己最憎恨的人。对他来说，死亡是没有意义的，生命才是重要的。因此，听到判决之后，他感到的不是恐惧，而是留恋。

他生前最后的要求是："请告诉我老婆，让她给女儿取名叫乌尔苏拉，像祖母一样叫乌尔苏拉。如果将要出生的是个男孩，就管他叫何塞·阿尔卡蒂奥，这是为了尊敬他的祖父。"

和阿尔卡蒂奥一样爱上不该爱的人的，还有他同母异父的弟弟奥雷里亚诺·何塞。他放肆地爱慕着自己的姑姑。对丁这份禁忌之爱，阿玛兰妲忽冷忽热。到阿玛兰妲被这份狂热灼烧得喘不过气，才义正词严地拒绝："我是你的姑姑，差不多是你的母亲，不仅因为我的年龄，也许只是没有给你喂过奶。"

他却从来没有停止过对她的欲念。某天，他在听到一老头讲姑侄结婚的故事后，大喜过望："难道可以跟亲姑姑结婚吗？"得到肯定回答，他第一时间回了家。阿玛兰妲骂他："你是野兽！难道你不知道，只有得到罗马教皇的许可才能跟姑姑结婚？"

奥雷里亚诺·何塞答应前往罗马，爬过整个欧洲，去吻教皇的鞋子，只要阿玛兰妲放下自己的吊桥。

"问题不光是许可，"阿玛兰妲反驳，"这样生下的孩子都有猪尾巴。"

对她所说的道理，奥雷里亚诺·何塞根本听不进去。"哪怕生下鳄龟也行。"他说。

但阿玛兰妲早已失去了爱人的能力。她可以跟任何人相恋，因为恋是一种本能，但却无法跟任何人相爱，因为爱是一种能力。无奈之下，心灰意冷的奥雷里亚诺·何塞只得参军，以打发凄苦的时光。

但即使在军队，他想的也是姑姑阿玛兰妲；即使跟妓女厮混时，脑子里也都是他的姑姑阿玛兰妲。最终，奥雷里亚诺·何塞死于乱军枪杀，至死都没能放下心底这份不该有的执念。

有人说：世界上最可怕的词，一个叫认真，一个叫执着。认真的人改变自己，执着的人改变命运。但比这两个词更可怕的，是走在一条明知错误的路上，还偏偏坚定地要一条路走到黑。

Day 5.

时间往往会帮你筛选出答案

布恩迪亚家族第四代成员也是有奇特经历的人。

阿尔卡蒂奥与任劳任怨女之女

全名：蕾梅黛丝

爱好：不穿衣服、套着布袋招摇过市

优点：美、随性、超然物外

缺点：懒（懒得穿衣服）、过于单纯（别人爬房顶偷看她洗澡她还担心别人摔下来）

经历：楚楚动人，散发着引人不安的气味，这种气味曾把几个男人置于死地。这个独特的姑娘世事洞明，超然物外，最后神奇地抓着一张雪白的床单乘风而去，永远消失在空中

阿尔卡蒂奥与任劳任怨女的长子

全名：何塞·阿尔卡蒂奥第二

爱好：斗鸡

优点：命大

经历：在美国人开办的香蕉公司里当监工，带领3000多名

工人罢工，遭到军警镇压，仅他一人幸免。目击政府用火车将工人们的尸体运往海边并丢入大海，他四处揭露真相，反被认为神志不清。无比恐惧失望的他，将自己关在房子里潜心钻研羊皮手稿

证据：每次提起这件事时，不仅鸹母，甚至比她年长的人，都会起来驳斥那些神话，说工人们在车站上被军队包围，200节车厢装满了死尸运往海边，这些都是虚构的，他们甚至还坚持说，在司法文件中以及小学教科书上，一切都讲得明明白白：香蕉公司从来不曾有过

死因：正常老死（研究羊皮手稿时）

阿尔卡蒂奥与任劳任怨女的次子

全名：奥雷里亚诺第二

爱好：性、做生意

优点：命好、妻妾和谐

缺点：纵情酒色，缺乏责任心

经历：与阿尔卡蒂奥第二是孪生子，没有正当职业，终日纵情酒色，弃妻子于不顾，在情妇家中厮混。奇怪的是每当与情妇同居，他家的牲畜便能迅速繁殖，带来财富，而一旦回到妻子身边，便家业破败。最后在病痛中与何塞·阿尔卡蒂奥第二同时死去，从生到死，人们一直没有认清他们兄弟俩谁是谁

证据：几个伤心的酒徒从房子里抬出棺材，在最后一阵仓促的准备中把它们搞错了，把奥雷里亚诺第二的尸体埋在为何

塞·阿尔卡蒂奥第二挖掘的坟墓里，而将何塞·阿尔卡蒂奥第二的尸体埋葬在他兄弟的坟墓里了。

俏姑娘蕾梅黛丝跟其他女性不同。她自然、随性、崇尚自由，厌恶一切束缚身心的事物。她看起来似乎不属于这个世界。脱离儿童时代后，还学不会自己洗澡、穿衣；到了20岁，还不会读书写字和使用餐具。她喜欢赤身露体地在屋子里走来走去——她的天性是反对一切规矩。当年轻的军官向她求爱时，她拒绝了他，只是因为她对他的轻率感到奇怪："瞧这个傻瓜，他说他要为我死，难道我患了绞肠痧不成？"

在奥雷里亚诺上校看来，仿佛有一种超自然的洞察力使她能够撇开一切表面现象，看见事物的本质。她不是所谓的"呆子"，而是相反的人。

火车出现、香蕉公司开办后，掀起了一股香蕉热。俏姑娘蕾梅黛丝是唯一没有染上"香蕉热"的人。她仿佛停留在美妙的青春期，她不明白女人为什么要穿复杂的乳罩和裙子，便拿粗麻布缝了一件从头上直接套的肥大衣服，一劳永逸地解决了穿衣问题；家人劝她把长而蓬松的头发剪短一些编成辫子，她听了腻烦，干脆剃光了头……

她下意识地喜欢简单化。但她越摆脱时髦、寻求舒服，越坚决反对陈规、顺从自由爱好，她那惊人之美就越动人，对男人就越有吸引力。俏姑娘蕾梅黛丝身上散发的不是爱情的气味，而是死亡的气味。最后，她神奇地抓着一张雪白的床单乘风而去，永远消失在空中，甚至飞得最高的鸟儿也追不上她。

　　阿尔卡蒂奥第二和奥雷里亚诺第二是一对孪生兄弟，他俩如此相似，连生母都难以分清。他们时常恶作剧，故意交换象征身份的衣服和手镯，甚至用自己的名字来称呼对方。从那时起，谁也搞不清他们谁是谁了。

　　他俩的主要区别是在战争最激烈时表现出来的：阿尔卡蒂奥第二请求去看行刑，奥雷里亚诺第二却对此浑身哆嗦，宁肯待在家里研究梅尔加德斯留下的羊皮手稿。

　　奥雷里亚诺第二长大后性格突变，终日纵情酒色，弃妻子于不顾，在情妇家中厮混。奇怪的是每当与情妇同居，他家牲畜便能迅速繁殖，带来财富，而一旦回到妻子身边，便家业破败。他有钱后，某天黎明神气活现地回到家里，拿着一箱钞票、一罐糨糊和一把刷子，把整座房子——里里外外和上上下下——都糊上每张一比索的钞票。裱糊完毕，还把剩下的钞票扔到院里，简直财大气粗！

　　阿尔卡蒂奥第二则胸无大志、无所事事，终日斗鸡。直到香蕉公司建立后，才摇身一变成了工会的一个小头头。他和其他的工会头头组织示威游行，并在一夜间被一伙士兵从床上拖了起来，戴上5公斤重的脚镣，投进了省城的监狱。自此，香蕉工人大罢工爆发了。为了镇压这一事件，上尉发出了开枪的命令，14挺机枪立即响应。阿尔卡蒂奥第二苏醒时，是仰面躺着的，周围一片漆黑。

他明白自己是在一列颀长、寂静的火车上，躺在一些尸体上，尸体塞满了整个车厢。幸存的阿尔卡蒂奥跳火车逃生了，他告诉别人"那儿大概有3000死人被扔进了海里"，得到的回答却是："这里不曾有过死人。"

当他回到马孔多，经过车站广场时，却没有发现大屠杀的任何痕迹。若不是亲身经历，只怕他也会傻傻地相信：马孔多过去没有发生、现在没有发生、将来也不会发生任何事情。这是一个幸福的市镇。最终，心灰意冷的他沉迷于研究羊皮手稿，了此残生。死亡当天，他的兄弟奥雷里亚诺第二也因突如其来的病痛，不幸同时死去。

年少时，不安分的是阿尔卡蒂奥第二，喜欢研究羊皮手稿的是奥雷里亚诺第二；而到了晚年，不安分守己的却成了奥雷里亚诺第二，潜心研究羊皮手稿的则是阿尔卡蒂奥第二。他们是否互换了身份？书中没有提及；他们到底谁是谁，直到死，也没有人分清。

贾平凹说：人最大的"任性"就是不顾一切坚持自己喜欢的事。只有这样，人才可以说，我这一生不虚此行。

俏姑娘蕾梅黛丝告诉我们：要按自己的意愿去生活，不受他人影响，只为自己开心。阿尔卡蒂奥第二教会我们：寻找另一种爱好来转移视线，过一段时间再返回来想，时间往往会帮你筛选出最好的答案。

Day 6.

他们一个为财而死，一个为爱而狂，都不得善终

布恩迪亚家族第五代有一对兄妹。

奥雷里亚诺第二与妻之子

全名：何塞·阿尔卡蒂奥

爱好：钱

优点：运气好（发现金子）

缺点：不思进取

经历：儿时被送往罗马神学院学习，母亲希望他日后能当主教，但他对此毫无兴趣。为了假想中的遗产，欺骗母亲说他在神学院学习。母亲死后，回家靠变卖家业为生。偶然发现乌尔苏拉藏的7000多金币，过上了更加放荡的生活

死因：溺水而亡（被抢金币的歹徒谋害）

奥雷里亚诺第二与妻长女

全名：蕾纳塔·蕾梅黛丝

小名：梅梅

爱好：看书

优点：有情有义、对爱忠贞

家族第五代唯一的男性何塞·阿尔卡蒂奥，自出生就肩负着"成为主教，复兴家族"的使命，尽管他本人对这一使命毫无兴趣。甚至前往罗马求学才刚几天，他就离开了宗教学校。但他"继续维持着关于自己正在学习神学和宗教法规的假象，为的是不失掉一份幻想中的遗产——他母亲那一封封荒诞的信曾一再提到过这份遗产"。

他借口希望修完高等神学课程之后继续学习外交课程，一次次拖延回家的时间，母亲菲兰达不仅不见怪，反而为此感到高兴。她知道，要想爬到圣徒彼得（耶稣十二门徒之一）的地位是困难重重的，这个梯子弯弯曲曲、又高又陡。所以当儿子告诉她"他看见了教皇"这种在别人看来平常不过的消息，也使她感到欣喜若狂。直到她病发身亡，何塞·阿尔卡蒂奥才回归家园。

他俯身在已故的母亲额头上吻了一下，便从她裙子的贴身口袋里掏出一把衣橱钥匙，去开一个刻着族徽的首饰箱。令他失望的是，首饰箱里什么财物都没有，只有一封母亲写给他的长信。此后，何塞·阿尔卡蒂奥夜夜笙歌，召集一群野男孩参加聚会。

某天，四个野男孩无意中发现了乌尔苏拉藏的金子，这使得何塞·阿尔卡蒂奥突然变成了有钱人！但他没有去实现自己穷困时代梦寐以求的理想，也没有带着这突然降临的财富回罗马去，而是把父母的房子变成了一片荒弃的乐土。

"他更新了卧室里的丝绒窗帘和天盖形花帐幔，又叫人在浴室里用石板铺地，用瓷砖砌墙。餐厅里摆满了糖渍水果、熏制腊味和醋腌食物。关闭的储藏室又启开了，里面放着葡萄酒和蜜酒……"

他赶走了那四个发现金币的野男孩，却得到了他们残忍的报复。在他洗澡时，他们扑进浴池，揪住他的头发，把他的脑袋按在水里，直到水面不再冒出气泡，直到他无声的苍白的身躯沉到香气四溢的水底。

"然后，这群男孩赶紧从只有他们和受难者知道的那个地窖里取出三袋金币，扛在肩上跑掉了。整个战斗是按军事要求进行的，有组织的，迅捷而又残忍。"

梅梅本是个阳光明媚的女孩子，她每天最爱的活动就是看书、绣花、和朋友见面聊天，直到遇见机修工马乌里肖·巴比伦，一切都发生了转变。

她喜欢他的爱抚，并为此失去了平静，她为他低到尘埃里，仿佛活着唯一的理由就是为了他。直到有一次，二人在电影院接吻时，被跟踪而来的母亲菲兰达发现，这份地下恋情才摊到明面上来。

次日，马乌里肖·巴比伦特意把自己收拾妥当前来拜访。

"他在鞋上拼命涂了几层锌白，但是锌白已经出现了裂纹。在他的一生中，他从来不像现在这么畏缩，但他维护着自己的尊严，镇定自若，这就使他没有丢脸。在他身上可以感到一种天生的高尚气度——只有一双手肮肮脏脏，他干粗活时已把指甲弄裂了。"

菲兰达嫌弃他地位低下、肮脏不堪。除此之外，为了阻止二人约会，菲兰达还借口有人偷她的鸡，安排了保镖守在家里。马乌里肖·巴比伦因爬梅梅家的屋顶，被保镖打中背部，终日卧病在床，不幸身亡。直到死，还被人骂作"偷鸡的贼"。梅梅万念俱灰，至死不发一言。母亲却认为家丑不可外扬，将怀着身孕的她送往修道院。

"菲兰达未做任何解释，梅梅也没要求和希望解释。梅梅不知道她俩要去哪儿，然而，即使带她到屠宰场去，她也是不在乎的。自从她听到后院的枪声，同时听到疼痛的叫声，她就没说过一句话，至死都没有再说什么。"

Day 7.

唯有孤独永存

布恩迪亚家族第五、六、七三代是特殊的"三口之家"。

家族第五代：奥雷里亚诺第二与妻的次女

全名：阿玛兰妲·乌尔苏拉

爱好：劳动（真是个清新脱俗的爱好）

优点：充满活力，唯一打破家族孤独之人

家族第六代：梅梅的私生子

全名：奥雷里亚诺·布恩迪亚

爱好：研究神秘书籍、手稿

优点：学问高（翻译出手稿上的梵文）、对爱忠贞

家族第七代：阿玛兰妲与奥雷里亚诺之子

全名：罗德里戈/奥雷里亚诺

特征：长着猪尾巴

证据：在给婴儿剪掉脐带之后，助产婆开始用一块布擦拭
他小身体上一层蓝莹莹的胎毛，奥雷连诺·布恩迪亚为她掌着

灯。他们把婴儿肚子朝下翻过身来时，忽然发现他长着一个别人没有的东西，他们俯身一看，竟然是一条猪尾巴！

阿玛兰妲·乌尔苏拉是这个百年大家族中唯一的例外，她青春洋溢、充满生命力，高昂的情绪点燃了整个死气沉沉的家族。她早年在布鲁塞尔上学，嫁给飞行员加斯通后回归马孔多，以饱满的热情企图重建家园。

"她叫来一大群木匠、锁匠和泥瓦匠，让他们在地上抹缝，把门窗装好，将家具修复一新，把墙壁里里外外粉刷了一遍。"就这样，在她回来三个月以后，人们又可以呼吸到曾经那种朝气蓬勃、愉快欢乐的气息了。

"在这座房子里，在任何时候和任何情况下，都不曾有过一个人的情绪比现在还好，也不曾有过一个人比她更想唱、更想跳，更想把一切陈规陋习抛进垃圾堆里。"

直到侄子奥雷里亚诺·布恩迪亚表现出对她的爱慕：她在打开一个桃子罐头时，不小心划破了手指。他冲上来热心而贪婪地把血吮出来，这使她的脊梁骨一阵发凉，在这之前她根本没有想到，她对他有一种超过姑侄般的感情。

丈夫加斯通又恰好因事业上的麻烦，不得不暂时重返布鲁塞尔。就在他离去的那段时间，这对姑侄因狂热的爱欲走到了一起。

"于是，奥雷里亚诺·布恩迪亚和阿玛兰妲·乌尔苏拉在第一夜的爱情之后，开始利用加斯通外出的难得机会相聚，但这些相聚总是笼罩着危险的气氛，几乎总是被加斯通要突然归来的消息所打断。"

他们竭力克制着自己的冲动，只是单独在一起时，才置身于长期受到压抑的狂热的爱情中。这是一种失去理智、伤害身体的情欲，这种情欲使他们始终处于兴奋的状态。自此，她不再热衷于劳动，他也不再执着于钻研羊皮手稿。

阿玛兰妲·乌尔苏拉给丈夫写了一封信，信的内容充满了矛盾。她向加斯通保证说，她很爱他，十分希望重新见到他，但同时又承认她怎样受到了命运的不幸安排，没有奥雷里亚诺·布恩迪亚，她就活不下去。

跟他俩的担忧相反，加斯通回了一封极其平静的信，信的结尾毫不含糊地祝愿他俩幸福。丈夫的痛快放手让阿玛兰妲·乌尔苏拉备受侮辱，但同时，她也为终于能跟奥雷里亚诺·布恩迪亚名正言顺地在一起而感到满足。水到渠成地，阿玛兰妲·乌尔苏拉怀孕了。

出乎意料的是，这个爱情结晶的到来，不仅葬送了阿玛兰妲·乌尔苏拉年轻的生命，也葬送了布恩迪亚家族百年的历史积淀。因为他赫然是家族第一代人极度惧怕，终在第七代时姗姗来迟的异类——长着猪尾巴的婴儿。

阿玛兰妲·乌尔苏拉因产后大出血死亡后，奥雷里亚诺·布恩迪亚悲恸欲绝，借酒消愁，把孩子忘到了脑后。当他终于记起时，儿子仅剩一块皱巴巴的被咬烂了的皮肤，一群蚂蚁正把这块皮肤沿着花园的石铺小径，往自己的洞穴尽力拖去。

奥雷里亚诺·布恩迪亚一下子呆住了，但不是由于惊讶和恐惧，而是因为在这个奇异的瞬间，他感觉到了最终破译梅尔加德斯密码的奥秘。他看到过羊皮纸手稿的卷首上有那么一句题词，跟这个家族的兴衰完全相符："家族中的第一个人将被绑在树上，家族中的最后一个人将被蚂蚁吃掉。"

就在他译完羊皮纸手稿的最后瞬间，马孔多这个镜子似的城镇，被飓风从地面上一扫而光，从人们的记忆中彻底抹掉，不复归来。

文中这样写道："无论走到哪里，都应该记住，过去都是假的，回忆是一条没有尽头的路，一切以往的春天都不复存在，就连那最坚韧而又狂乱的爱情，归根结底也不过是一种转瞬即逝的现实，唯有孤独永恒。"

这是一场长达百年、历经七代的盛大送葬。家族的每一代都想方设法摆脱孤独，却终究重回孤独，最后死于孤独。

《在路上》

在生活之路上寻找信仰和力量

［美］杰克·凯鲁亚克

　　作家杰克·凯鲁亚克作为"垮掉的一代"的代言人，成为20世纪最有争议的作家之一。如今，我们仍能从他的文字中感受到在战后虚无和迷惘的氛围中，那群年轻人对生命本质的拷问和追求。

　　凯鲁亚克的代表小说《在路上》和代表剧本《垮掉的一代》定义了这个疯狂的年代和这群疯狂的年轻人。

　　"垮掉"既是自身价值的迷失，也是社会和公众对他们的失望和不满。他们解构一切既成的事实，企图颠覆千百年来生活的真相，重新定义自身与周遭环境的关系。

Day 1.

原著太经典，版权卖出30年无人敢拍

从某种意义上说，《在路上》是凯鲁亚克的自传体小说，他自己曾同卡萨迪横穿美国，并向南到达墨西哥首都墨西哥城。此后他开始创作《在路上》。凯鲁亚克通过不间断的写作来刺激自己的思维。为了使自己的思路和灵感不被换打字机的打字纸打断，他甚至将打字纸粘连起来，使它们成为长长的一卷纸筒。他就是在这种纸筒上完成了自己的创作。

凯鲁亚克自称花数年时间行走"在路上"，然后仅仅花了三周的时间就完成了这部小说。但在此之前，他花了数年时间来研读美国其他小说家的作品，不断地尝试各种语言风格以及小说形式。而在此之后，他一遍又一遍地修改成稿。

最终在他的不懈努力下，《在路上》以一种令人目眩神迷的旅途见闻形式，出现在了读者的视野之中。

小说中，"我"——萨尔·帕拉迪斯四次横穿美国，最后向南直到墨西哥城。和萨尔一起的有迪安·莫里亚蒂、埃德·邓克尔、玛丽卢等伙伴。他们在美国的东西海岸都有朋友，聚在一起时他们喝酒、嫖娼、吸毒、谈论疯狂的想法。他们都不是有钱人，在旅途中搭便车、在熟人家里借宿、偷窃、飙车，就像是美国早期拓荒者那样，一寸一寸地探索着这个国家和这片土地。

这是一群彻彻底底活在当下的人，他们没有稳定的工作，也没有对明天的规划，有的只是对远方的疯狂渴望和冲动。

"让我感兴趣的人只有那些疯疯癫癫的人，他们疯狂地生活、疯狂地谈话，同时希望得到所有的东西，从不渴求或者谈论平庸的东西……他们像罗马焰火筒那样在夜空中燃烧、喷发灿烂的火焰。"凯鲁亚克如是写道。也正因为如此，保守派的报刊谴责凯鲁亚克在"浪漫主义小说的最后抽泣"中赞美"粗鲁的"人物和"紧张纷乱的"犯罪分子。不管是对道德的背离还是对明天的漠视，都不能被传统社会所接纳。

更何况《在路上》承载着一种矿业的生命力和巨大的能量。

"狂野形式是唯一能容纳我所要说的东西的形式——关于每一个形象、每一个记忆，我心里都有许多话要说，憋得几乎要爆炸了……我有一种非理性的贪欲，想把我知道的一切都记录下来。"

借由这种表达的渴望和贪欲，飞扬跋扈的文字承载着另一种令人目眩神迷的青春。生活和生命本身即是一种旅途。凯鲁亚克借鉴了这种苦苦寻觅的过程，却给虚构的旅途增添了更多真实的成分。他在讲述旅途见闻的时候倾注了大量的感情和心血，以至于所有的人物都像是"我"的外化——迪安是另一个"我"，"我"的其他疯狂的朋友也是如此。

这么多"我"的聚集、交流，是凯鲁亚克对生活所能提供的期待的放大投影，也是他反复论证这种生活及期望的合理性与可行性的方式。

《在路上》可以同马克·吐温的《哈克贝里·芬历险记》和弗·斯科特·菲茨杰拉德的《了不起的盖茨比》并列为美国的经典作品，被视为探索个人自由主题和拷问"美国梦"承诺的小说。

关于"美国梦"中所提及的自由、平等、由勤奋和勇气所创造的美好生活是否真的能实现？凯鲁亚克无疑持一种失望和消极的态度，但这并不妨碍它成为一种探索的方向，成为迷途的羔羊寻求解脱的努力见证。

Day 2.

每个不羁的灵魂，都藏有一个向往远方的梦

　　萨尔是在纽约遇见迪安的。迪安有着蓝眼睛和地道的俄克拉何马口音，带着新婚的妻子玛丽卢刚从新墨西哥州的少管所来到纽约。那时候他就显露出疯狂的个性，他和卡洛·马克思一边在街上蹦蹦跳跳，一边讲述他们所认识的那些人：在得克萨斯种植大麻的老布尔·李；吸毒成瘾的哈赛尔在时报广场抱着女婴漫无目的地瞎逛，最终进了精神病院……

　　迪安这种疯疯癫癫的精神深深地吸引着萨尔，"在我（萨尔）心目中，真正的人都是疯疯癫癫的，他们热爱生活、爱聊天，不露锋芒，希望拥有一切。他们从不疲倦，从不讲些平凡的东西，而是像奇妙的黄色罗马烟火筒那样不停地喷发火球、火花。在星空像蜘蛛那样拖下八条腿，中心点蓝光砰的一声爆裂，人们都发出'啊！'的惊叹声"。

　　和他的朋友们一样，萨尔也是一个不安分的人。热爱生活的一种方式就是用无尽的激情和精力将它填满。他们如此努力地活着，仿佛要以此向世人证明，他们从未垮掉，他们的精神屹立不倒。

　　不久之后，迪安就回到了丹佛。而萨尔决心等到春暖花开

时也走上这条路。迪安给萨尔的感觉像是失散多年的兄弟，他与萨尔的其他学究式朋友不一样，他拼尽全力生活，为了生存拼搏，而不是消极地搬出各种理论批判社会。

迪安使萨尔听到了新的召唤，看到了新的地平线，萨尔知道他要开始上路了。从迪安身上，萨尔看到了一种罕见的活力，迪安所具有的这种从生命深处迸发的活力，就像是夏夜璀璨的烟花，又像是强力的磁铁，吸引来了大批如萨尔一样的、渴望在生活的死水中激起波澜的人。

1947年7月，萨尔从纽约到旧金山去找雷米·邦库尔。他为了省钱，本打算一路步行一路搭便车到西海岸，但很快就发现这行不通，他在地图上规划的行程所要经过的公路早已荒废。萨尔只能先搭长途汽车到芝加哥，接着搭便车到艾奥瓦。

这是萨尔在路上的开始。当他意识到自己已经远离熟悉的人和地方，全新的旅途就在他面前铺开。就像一株植物被从熟悉的土壤中拔出来，萨尔眼前的天地似乎变得广阔，天高任鸟飞，海阔凭鱼跃。

萨尔在搭车的路上遇见形形色色的人，有五大三粗、喜欢嚷嚷的卡车司机，有谈了一路考试的大学生，有曾经扒火车流浪的西部牛仔，有大声说话大声笑的农民，还有许多同他一样的搭车人。他们也不知道自己为什么要去往远方，仿佛远方就是唯一的理由。

这是活生生的生活，鲜活地呈现在每一个人面前。一路向西，景色开始变得荒芜，放牧的草地替代了农田，延绵数百英里，一望无际。

萨尔搭上一辆卡车，在车后有六七个同样搭车的人。车开得飞快，他们迎着风一起喝一瓶劣质的威士忌。在西部的高原上行进，四周没有树木遮挡，漆黑的夜里，头顶的星星显得格外晶莹明亮。夜里，萨尔和其他的搭车人一起躲在油布下面，借酒瓶中的酒保持体温。

在这样安宁的夜晚，独处异乡和一群同样流浪的人做伴，就像是一场自我放逐，在疯狂过后的宁静里，生出别样的情怀。正是因为曾经奔波，才更能体会对美好和幸福的渴望。

离开夏延后，萨尔到丹佛找迪安。迪安的父亲是拉里默街最落魄的流浪汉，他6岁时就常常请求法庭释放他的父亲。他常常在拉里默街上乞讨，把要来的钱悄悄拿回去给他爸爸，而他爸爸则在一摊砸碎的空酒瓶中间同一个老朋友等钱买酒。11岁到17岁的这段时间，他多半是在管教所里度过的。

迪安就像是在社会阴暗面成长起来的一个怪胎，这奠定了他整个人的气质和对生活的看法。在他看来，生活最糟糕的样子无非是同他的父亲那样成为一个流浪汉，而这也没什么不好的。

生活教会他的就是把握今天、活在当下。而在这种看似疯狂的生活之中，迪安、萨尔，以及他们身边聚集起来的朋友，都在努力寻找存在的合理性与必要性。

在丹佛，萨尔住进了朋友给他租好的房子，很快见到了许多新的和旧的朋友，也见到了迪安。迪安此时正与两个女朋友——他的前妻玛丽卢和新交的女朋友卡米尔分别交往，他的每一个小时、每一分钟都安排得满满当当。

萨尔倾听迪安和卡洛疯狂的谈话，他们在纷至沓来的事件中讨论抽象的概念。迪安整个人就如同这种漫无目的的谈话，被种种突如其来的想法充满，并尝试去将它们一一实现。萨尔正是被这种神经质般的思维方式所吸引，那种仿佛来自灵魂深处的骚动喷涌而出，将人折磨得筋疲力尽，却又使人欲罢不能。

就像是面对一座由无数精细零件构成的高山，这高山在令人叹为观止的同时，又使人对终极的结果感到无能为力。

Day 3.
漂泊越久的人，越渴望归属感

卡洛住在一间地下室里，房间里只有一张床、一支点燃的蜡烛、渗出水珠的石头墙，以及他自己凑合制作的一尊圣像。与迪安式的疯狂比起来，卡洛的疯狂带有更多的宗教意味。他清教徒式的房间、荒谬的宇宙和对迪安的评价，在矛盾的表象背后实则是用不同方式拷问生命：痛苦与短暂的生命，究竟能否达到永恒？

周末，萨尔和朋友们到洛基山的腹地中部市游玩。这里曾经发现了银矿，因此十分繁荣。他们在荒废的木屋里举行派对，从路边招来了大批歌剧演员，一起喝酒、跳舞，接着留下满地狼藉。他们"正像是推开吱嘎作声的石板从阴暗地牢里出来的、自甘堕落的、卑微的美国人，也就是我（萨尔）正在慢慢融入的、新的垮掉的一代"。

"垮掉的一代"，这个成长于二战后的美国新一代，对社会现实有诸多不满。在麦卡锡主义迫害民主进步人士和冷战压制共产主义者的局面下，美国在这一代人心目中成了"阴暗的地牢"，无处发泄的不满成了自甘堕落的动力，并希望在这种堕落中寻找新的生活意义。

这天夜晚，萨尔借着酒意避开了喧闹的人群，独自走到黑夜中。他想知道山的精灵在想什么。抬起头，月亮里有短叶松，还有老矿工的鬼魂。整个幽暗的分界线的东面，除了他们谷地里的喧闹声之外，只有一片寂静和风声。

分界线的另一边是西大坡，不管是寂静而寥廓的旷野，还是深邃而幽暗的黑夜，都会使人油然生出一种想接近和了解的冲动和渴望。在人声鼎沸的酒吧外，这种寂静和深邃显得更引人遐想。亘古不变的荒野和长夜是旅人永恒的伴侣，西部荒芜的高原开始在萨尔面前展现出它本来的面貌。

离开丹佛后，萨尔乘车到了旧金山，这里是他向往的西部海岸。萨尔来到旧金山附近的小城米尔市找到雷米和他的女朋友李·安。他希望能在雷米家写作，写出一部能被好莱坞导演看上的剧本，然而最终失败了。

雷米给萨尔找了一份和他一样的工作——工房区的警卫。除了萨尔和雷米，其他的警卫满脑子想的都是抓人邀功——至于他们俩，想的则是如何在值夜班的时候从自助餐厅里偷出来足够的食物。

显然萨尔和雷米并不喜欢他们的同事，他们的同事也不喜欢他们。萨尔自己虽然过着居无定所、没有稳定工作的日子，但也并不喜欢干预别人的生活。雷米则更显善良，会将偷出来的食物分一半给一位认识的寡妇。与其说他们不愿像同事那样拿出阴沉而凶狠的手段，不如说他们的天性拒绝如此。即便是精神"垮掉",仍有人性不倒。

很快,萨尔就因为没有管住工房区的人喝酒闹事而被辞退了,雷米也跟着辞职。李·安因为经济问题和雷米闹掰了。雷米恳求萨尔和李·安能给他最后一点儿情面,和他一起去见他的继父,装出他有一个完整的家庭、有亲密朋友的样子。

但萨尔在一起吃晚饭的高档餐厅里遇见了他喝醉酒的朋友罗兰·梅杰。梅杰粗鲁的举止弄砸了这次会面。萨尔彻底没有脸在旧金山待下去了。在一天早晨,他悄悄地离开了雷米家,从此和雷米失去了联系。

萨尔决定去南方,继续他的旅程。他起程前往洛杉矶。战后美国经济的复苏使得所有的疯狂成为可能,人们都想寻找尽可能多的可能性,去打破单调的、一成不变的生活。

萨尔遇见了喜欢的姑娘特雷。特雷因为家暴而与丈夫分居,她有一个孩子养在父母家中。他们辗转多地找工作,想攒钱回纽约。最终他们来到了特雷的家乡——加利福尼亚的一个小城,找到了一份摘棉花的工作。每天的工资刚刚好够买果腹的食物。

特雷使萨尔的生活有了活力,他开始慢慢安于这种稳定的生活,不去想曾经的旅途,也不去想如何回到纽约。漂泊与安定就像相反相成的两极,长时间处在其中任何一端,都会对另一端产生向往。

但很快冬天来了,帐篷里没有取暖设备,无法继续住下去。特雷只能回到家中，而因为没有与丈夫正式离婚，特雷没法将萨尔光明正大地带回家。萨尔只能向姨妈借钱回纽约。他辞别了特雷，从此再也没有相见，而特雷也成了他记忆中的那个女孩。

在回家途中，每一个隆起、高岗、开阔地，都使萨尔产生莫名的渴望。萨尔从未如此迫切地想回家。他需要一段安静的时间，好好思考与消化这段时间的见闻和经历，也需要静下心来写作。

在风尘仆仆中有家可归，无疑是一件幸事。走再远的游子都需要归家，这是每个人都需要的归属感和安全感。而抛却了这些的、彻底的流浪者如迪安，在洒脱中无疑带有难言的落寞。

Day 4.
做你喜欢的事，无论什么年龄都不晚

　　萨尔再见到迪安，已经是一年多以后的事了。这期间迪安在旧金山工作，突发奇想把所有的积蓄都用来买了一辆车，接着开着它，带着玛丽卢和新结识的朋友埃德·邓克尔横跨美国，风尘仆仆地来找萨尔。当迪安到达东部的时候，萨尔正在弗吉尼亚州的哥哥家过圣诞节。

　　迪安永远都有无穷的新想法，而且常常迫不及待地要将它们付诸实践。在早已该成家立业的年纪，这群人却依旧在一个个城市之间奔波，追求一种居无定所的生活，随性发挥自己无处安放的激情。

　　在萨尔那群安分守己的亲戚面前，迪安把唱机开得震耳欲聋，放着狂野的博普音乐，拿着三明治上蹿下跳。他的疯狂开成了一朵怪诞的花。

　　他一刻也停不下来，仿佛停下来一秒都是对生命的漠视、对大好年华的不敬。

　　那放肆的笑、永不止息的骚动里包含着生命的活力，张扬着一种狂野的精神，仿佛人生来本该如此。最初，表面的疯狂是对虚无的恐惧；但当疯狂成为生命的存在方式，不安与疑虑

也随之烟消云散。活在当下不是对未来的绝望,而是对现实的反抗。也正是因为如此,我们才有底气面对死亡——在生命喷涌的尽头,随之而来的不是枯竭,而是一种圆满。

迪安的到来给萨尔一种莫名的躁动,萨尔觉得自己又该上路了。

迪安用他的车帮萨尔运送家具,从弗吉尼亚到纽约。一路上迪安从未停过,四处找朋友,或者高谈阔论。迪安使萨尔忘记自己正追求的平稳安定的生活。

狂欢的人群之中不乏满腹经纶的人,但他们一样疯狂:"腋下夹着17世纪乐谱的原稿跌跌撞撞地走在纽约滨水区,高声喊叫。他像大蜘蛛似的爬过街道。他极其亢奋,眼睛里露出可怕的光芒。他心醉神迷地抽搐似的转动着脖子。他口齿不清地说话,他扭动身体,他猛然坐下,他呻吟,他号叫,他绝望地往后一倒。他兴奋得一句话都说不出来。"

"垮掉的一代"绝不仅仅是如大多数人以为的那样,是由无所事事而颓废的小混混组成;事实上,即便连迪安这种成长在社会阴暗面的青年,也追求哲学的思辨,也对饱读诗书的人充满敬意——前提是他们和他一样,通过疯狂寻求真理与永恒的火花。

在这里,身份和地位从不被学历与见识所束缚,所有走进亢奋与宣泄中的人,都能从精神层面上互通。

萨尔决定和迪安重新踏上旅途。他们的第一站是新奥尔良,去找老布尔·李。对萨尔而言,整个国家就像是一个等待被打开的蚌,珍珠就藏在里面。一种重新踏上征程的久违熟悉感抚慰着他躁动的内心。唯有在外界不断的刺激下,人才能清楚地感受到自己的存在。

迪安把车子开上轮渡,渡过波澜壮阔的密西西比河,来到阿尔及尔的老布尔·李家。布尔有同国际可卡因走私集团成员一起拍的照片;有他戴着巴拿马草帽、走在阿尔及尔街道上的照片;他在芝加哥干过灭鼠的行当,在纽约做过酒吧侍者,在纽瓦克做过法院传票送达人。

在巴黎,他坐在咖啡馆里观察过路的神情阴沉的法国人;在雅典,他一面喝茴香白酒,一面看他称之为世界上最丑的人;在伊斯坦布尔,他穿行在吸食鸦片的瘾君子和卖毯子的人中间,寻找事实。

佛教中有所谓"婴儿观佛殿"的说法,意思是从婴儿的视角来看巍峨雄伟的庙宇,虽然满心欢喜,却过眼即忘、毫不可惜。对老布尔而言,世界亦是一座佛殿,游历与见闻积淀所铸成的是人格的完善,而于物质上一无所取,冷眼旁观。这种赤子心态与迪安的性格暗中吻合,所见即得、而无二心。

辞别老布尔后,迪安和萨尔又一次向加利福尼亚出发。到了休斯敦,凌晨4点,他们在寂静无人的街道上遇见一个摩托车手从街道上轰鸣而过,后座的姑娘头发飞扬,放声歌唱。

萨尔一行人经过贝克斯菲尔德、图莱里、奥克兰，最终到达旧金山。迪安着急地想去见卡米尔，这让玛丽卢很失望。迪安找到了一份展示厨房用新式压力锅的工作，萨尔和他一起跑遍全市试图推销。但很快迪安的精力就耗尽了，他们开始对一切事物都感到厌烦。迪安带萨尔去酒馆和夜总会，看疯狂的人们和疯狂的演奏者，就这样在旧金山瞎混，直到萨尔领到退伍军人补贴，回到纽约。

　　萨尔似乎永远都不能在一个地方停留太长的时间。在家的时候向往远方、向往自由与充满不确定的生活，但一旦踏上旅途，很快就会变得穷困潦倒、饥寒交加。萨尔和迪安一直没有稳定的工作，找不到或者根本就不屑于去工作。他们只是得过且过，整日沉迷在疯狂的想法和行动中。

Day 5.
路途再艰险，我也要选择滚烫的人生

1949年春天，萨尔从退伍军人教育津贴中积攒了些钱，去了丹佛，打算在那里安顿下来。

在两场疯狂的旅途之后，萨尔开始迷茫，开始质疑之前所追寻的欢乐与刺激究竟能不能供给生活足够的养分，也不知道目前生活的出路在哪里。当没有了外界环境不断变化的刺激，人很容易怀疑自己的存在，在一成不变、毫无波澜的生活中迷失。

萨尔去看一个和他相好的有钱姑娘。她拿出100块对萨尔说："你一直都在说去旧金山的事，既然如此，把这拿着，痛痛快快地去玩吧。"于是萨尔坐上一辆旅行社的车子，去旧金山找迪安。那时，迪安和卡米尔住在一起，有了自己的房子，第二个孩子即将出生。迪安看见萨尔的到来很激动，但卡米尔并不高兴，她知道萨尔一来就会把迪安带向疯狂。

迪安手骨折了，接着发展成脊髓炎，青霉素过敏加上其他疾病，使他的身体差得一塌糊涂。很快，萨尔和迪安就被卡米尔连人带行李一起扔出门。在旧金山，他们去找旧日的朋友，却被指责："没有任何责任感，只顾自己的感受，从不关心任何人。他（迪安）只想从别人那里得到多少钱或者乐趣，事后

就将他们甩到一边。他从没有想过生活是严肃的，世界上也有努力生活得正派一点儿的人。"不严肃的、轻浮的生活对迪安而言，仿佛是一种信念。有人为之痴迷，自然也会有人不能理解，人们都在做自以为正确的事情。

就这样，他们辗转在一家家酒吧之间，不停地喝酒。天亮之后，他们想办法找到一个熟人家里借住了一会儿，睡了一觉。这就是萨尔在旧金山的最后一天，接着他和迪安重新踏上了回东部的旅程。

他们搭上车，到了盐湖平原，接着到丹佛，破破烂烂的手提箱又一次堆放在人行道上；他们还有更长的路要走。

他们去萨尔之前的邻居家吃晚饭，然后迪安去见他的表哥，希望找到他的流浪汉父亲。迪安的表哥山姆已经从著名的酒徒变为不再喝酒的人，还入了教会。迪安心目中的英雄终于向生活妥协了，山姆不想再同迪安的父亲或迪安有任何交集。

离开丹佛后，迪安和萨尔来到埃德·沃尔的农场，他的妻子为他俩准备了丰富的晚饭。但是就像迪安的表哥山姆一样，埃德同样对迪安失去了信心。这使得迪安坐立不安，饭后很快就告辞了。

与萨尔回到纽约后，迪安很快认识了新的姑娘，名叫伊内兹，并准备同卡米尔离婚。但是事情不那么简单，仅仅几个月后，卡米尔生下了迪安的第二个孩子，那是他们年初几晚上融洽关系的结果。再过了几个月，伊内兹也生了一个孩子。加上西部的一个非婚生子，迪安一共有了四个孩子，但是没有一分钱，有的只是无穷的烦恼以及同以往一样的狂热和匆忙状态。

从某种程度上而言，迪安也是悲哀的，他不能像一个正常的父亲那样去养育自己的孩子。

萨尔卖书稿有了一些钱。春天降临纽约的时候，他感到无法抗拒新泽西那隔河吹来的春天气息的暗示，觉得非走不可。于是他走了。萨尔同迪安告了别，第一次把他一个人留在纽约。

迪安问他："你的道路是什么，老兄？——乖孩子的路、疯子的路、五彩的路、浪荡子的路，任何路。那是一条在任何地方、给任何人走的任何道路。到底在什么地方、给什么人、怎么走呢？"

黄昏时萨尔站在卡诺瓦河边，在西弗吉尼亚州查尔斯顿的飘扬着乡土音乐的晚上散步；午夜在肯塔基州阿什兰一家散场剧院门口的帐篷底下同一个孤单的姑娘搭讪。然后又是印第安纳州的田野、圣路易斯下午一成不变的山谷云彩、泥泞的圆石和蒙大拿的原木、破碎的汽轮、老旧的招牌、河边的青草和绳索、一首没有结尾的诗。

晚上的密苏里河、堪萨斯的田地、广阔地域夜间的牛群、木板房屋的小镇，每一条街道的尽头都是海岸；阿比林的黎明……只要它属于远方，都能吸引着人们前往，都能谱成一首诗篇。车窗外一个又一个的城镇被抛在身后，离乡的怅惘很快被期待所填满。

Day 6.

年轻是一种态度，与年龄无关

　　萨尔到达丹佛时，蒂姆·格雷带了斯坦·谢泼德同他见面。他们在丹佛的酒吧里消磨了一个星期，那几天萨尔过得非常愉快。

　　萨尔和谢泼德准备起程前往墨西哥时，传来迪安将要回到丹佛的消息。萨尔知道迪安又疯了，他身后的废墟还在冒烟。

　　生存是什么？对迪安，对"垮掉的一代"而言，生存就是生命本身，不为外界一切所束缚的生命，像荒野中疯长的杂草，像烧不尽的野火，像长夜中熠熠发光的星辰。

　　一个阳光灿烂的下午，快要吃晚饭时，迪安开着他那辆破汽车在萨尔面前停下。他一来就忙活起来，要去赎回之前当掉的一块老铁路表，同时要抽空去找他的父亲，然后要去理发，接着6点钟回到这里，与萨尔等人一起听唱片……

　　这晚聚会的时候，迪安一如既往地上蹿下跳、晃动着身体、不停地说话，有时又如巨石般沉默不语。当其他人离开公寓去酒吧，迪安已经醉得一塌糊涂了。

　　第二天，迪安、萨尔和谢泼德三人起程去墨西哥。这次旅行令萨尔觉得无法想象，它不再是东西向的横穿，而是迷人的南下。他仿佛能看到整个西半球山脉嵯峨直到火地岛，然后沿着地球的弧面进入别的回归线和地域。三人就这样驾驶着随时都有可能熄火的旧车，一路南下，去探寻新的世界和未知的秘密。

他们路过新墨西哥州，接着进入得克萨斯州。在广袤的平原上，月光照见的只是一片牧豆树和荒地。继续行进，达尔哈特的房屋建筑方方正正，像是空饼干箱。

萨尔一行人经过圣安东尼，接着就到了拉雷多。这是一个险恶的边境城镇。出租汽车司机和边境耗子四处走动等待机会。这些人是美洲渣滓的最底层，歹徒恶棍在这里沉淀下来。进入墨西哥后，萨尔感觉像是横穿世界。

在墨西哥的妓院里，唱片机发出震耳欲聋的声音，不出几分钟，镇里有一半居民都来到窗口，看美国人同姑娘们跳舞。墨西哥在萨尔眼中就像是敞开的宝箱，热带独有的风物使人应接不暇。

印第安人和墨西哥人好奇地打量着这些风尘仆仆的不速之客，他们目光清澈，仿佛仍处在人类孩提时代，亘古未变。

最终，萨尔、迪安和谢泼德三人来到了这次旅行的目的地——墨西哥城。但很快迪安为了离婚回美国去了，而萨尔则因为痢疾，直到秋天才起程回家。这是萨尔最后一次旅行。最终，他在纽约遇见了想和她结婚的姑娘，也与迪安失去了联系。

Day 7.

活着，就是为了改变世界

　　《在路上》在文学史上的名声，大部分来源于它定义了二战后美国新一代的年轻人，也就是被后人所津津乐道的"垮掉的一代"。

　　在凯鲁亚克创作《在路上》时，或许他的本意并非指责美国战后的自满情绪和歌舞升平的景象。然而事实上，这部小说的出版预示或是推动了美国国内思想意识的变化。

　　1975年小说出版后，美国售出了亿万条牛仔裤和百万台煮咖啡机，并且促使无数青年人踏上了漫游之路。当然，《在路上》的出版能有这样轰动的效应，有一部分功劳要归于传媒。媒体中的那些头号机会主义者，发现了新的可供炒作的题材，那就是"垮掉分子"的文学运动。从某种程度上，凯鲁亚克说出了全世界各民族的千百万人盼望听到的东西。

　　一个人不可能向另一个人灌输他不了解的东西。因此在凯鲁亚克通过小说指出传统社会的解构时，异化、不安、不满早已潜伏在社会情绪之中，静静地等待一个可供喷发的出口。而《在路上》毫无疑问就是这样一个出口。《在路上》的出版不仅推动了社会思想的变革，它本身也形成了一个文学潮流，"垮掉的一代"除了代指二战后的美国青年，亦指称这一次文学运动。

冷战期间的军事化与二战后的经济繁荣的商业化社会，成了这一文学运动批判的对象。"垮掉派"的代表作家除了杰克·凯鲁亚克外，还有艾伦·金斯堡、威廉·巴罗斯、格雷戈里·柯尔索、约翰·克莱伦·霍尔姆斯、塞缪尔·克雷姆和加里·斯奈德等人。这些人本身就过着如同迪安一般的极端生活，他们生活放纵并尝试从毒品中寻找生命的极致。

但事实上，凯鲁亚克本人对于"垮掉的一代"的理解或许与我们所认为的有很大的出入。不管凯鲁亚克生前如何澄清，他都无法让批评家们相信"垮掉的一代"有着自己的宗教信仰。这种宗教并非单纯地局限于既成的某一宗教派别，而是一种对精神的更高层次的追求。

凯鲁亚克就曾经多次解释，他自己并非所谓的"垮掉分子"，而是一个"古怪的、孤独的、疯狂的天主教神秘主义者"。他认为若非他与母亲一起在家中过着一种修士般枯燥而淡泊的生活，他不可能有如此多的作品问世。但可惜的是，当时的人们并不能理解这一点。

而《在路上》中的人物，不管是迪安还是萨尔，抑或是卡洛等其他出场次数极少的人物，他们都在试图通过疯狂的行为达到某种精神层面的特定目标。他们进行横跨全国的旅途，在路上奔波辗转，同时也沿途寻找刺激。但事实上，他们真正的旅途是在精神层面，在精神层面不断向外界，同时也向内心进一步探寻。

在凯鲁亚克心中，"垮掉"的生活方式直接与天主教的真福直观概念相联系。这种观点认为，人们在活着的时候对上帝的认知必然是不全面的，只有灵魂在天堂中所得到的认知才是完整的。

除了天主教，"垮掉派"的作家们也试图从东方的宗教中寻找解脱的途径。1954年，凯鲁亚克写给金斯堡的信中提及了许多佛教的著作。相比于西方的宗教，东方宗教除了更具有神秘主义的特点之外，也更强调心灵的领悟与个性的发掘，更淡化形式上的东西而追求心灵的超脱。

在《在路上》里，凯鲁亚克称迪安为"神圣的傻瓜"。迪安所代表的"垮掉的一代"对现实不满，摒弃传统的社会和艺术形式，追求个性自我表现，从另一种角度而言，迪安就像抛却世俗教条陈规，追求直接面见上帝的教徒一般，散发着神圣的光芒。他在通过行动追寻自己的"上帝"；他的"上帝"不是某个具体的人或是某种明确的观念，而是某种生命的无言的和谐与欢喜。

迪安曾对萨尔说："萨尔，不管我住在什么地方，我的衣箱总是塞在床底下，随时可拿，我随时都可以离开或者被赶出去。我决定什么都撒手不管了。你明白，我为了做到这一点已经竭尽全力。"

一旦将一件事情做到极致，普通人也就成了圣人。旅行或者说行走本身，是迪安选择的达到生命起点的方式。

萨尔最后一次见到迪安的情景奇特而悲哀。当萨尔准备安定下来，甘于接受现实生活的时候，迪安正提着旅行袋，准备独自离开，继续他新一次的横跨全国的旅程。

"我坐在河边破旧的码头上，望着新泽西上空的长天，心里琢磨那片一直绵延到西海岸的广袤的原始土地，那条没完没了的路，一切怀有梦想的人们……除了衰老以外，谁都不知道谁的遭遇，这时候我想起了迪安·莫里亚蒂，我甚至想起了我们永远没有找到的老迪安·莫里亚蒂，我真想迪安·莫里亚蒂。"

就像是一个消失的英雄，迪安独自消失在道路的尽头，消失在他的旅途上，消失在萨尔的视线和生活之中。

《圣经·新约·莫提太后书》记载着圣徒保罗的话："那美好的仗我已经打过了，当跑的路我已经跑尽了，所信的道我已经守住了。"对迪安而言，他永远走在他当走的路上。

《你当像鸟飞往你的山》

自我觉醒，挣脱平庸命运

[美]塔拉·韦斯特弗

2018年，一位作家创造了一个奇迹。她的一部新人处女作——《你当像鸟飞往你的山》，在上市的第一周就登上了《纽约时报》的畅销榜，在其他各大畅销书榜都曾排名第一。创作者便是美国的历史学家、作家——塔拉·韦斯特弗。

她出生于美国爱达荷州的一个山区，17岁前从未上过学的她，通过自学考取了杨百翰大学并获得了文学学士学位。随后相继获得剑桥大学哲学硕士学位、哈佛大学历史博士学位。2019年，塔拉凭借此书，被《时代周刊》评为"年度影响力人物"。

扫码收听本书音频

MAI JIA
READING
WITH YOU

Day 1.

教育意味着获得不同的视角

　　塔拉是一个17岁前从未踏入教室的大山女孩，凭借自己的努力戴上了一顶学历的高帽，熠熠生辉。然而，塔拉与众不同的地方在于她的原生家庭。那是一个极少有人能想象到，也极少有人切身感受到的家庭环境。

　　塔拉的童年是在垃圾场的废铜烂铁中度过的，没有读书声，只有起重机的轰鸣声。不同于其他孩子，塔拉的兄弟姐妹们不上学，生病了也不就医。这是父亲所要求的对于宗教的忠诚。在父亲的权威之下，每个人不能拥有自己的声音和自由意志，否则将被视为恶魔。直到逃离巴克峰，她才打开了另一个世界的大门。在那里，一个全新的世界等待着她的到来。塔拉说："那是教育给我的新世界，那是我生命的无限可能。"

　　何为教育？塔拉在一次采访中这样说道："教育意味着获得不同的视角，理解不同的人、经历和历史。接受教育，但不要让你的教育僵化成傲慢。教育应该是思想的拓展、同理心的深化、视野的开阔。它不应该使你的偏见变得更顽固。如果人们受过教育，他们应该变得不那么确定，而不是更确定。他们应该多听、少说，对差异满怀激情，热爱那些不同于他们的想法。"

而在此书中，塔拉则写道："你可以用很多说法来称呼这个全新的自我：转变、蜕变、虚伪、背叛。而我称之为：教育。"

塔拉所提及的"教育"，不再是狭义上的坐在教室里面听课、学习、接受系统的知识。她走出大山之后的所见所闻，都是一次洗礼与启发；同学、室友们的行为举止，也在潜移默化影响着她。在与人交往的过程中，她遇见了更好的自己，这又何尝不是一种教育呢？该书的英文名字为"Educated"，意为受教育。

塔拉·韦斯特弗的家庭故事正是她一步一步敲开教育之门的故事。接受教育之后，塔拉发生了巨大的变化，那个住在巴克峰的她已经远去，取而代之的是一个全新的塔拉。她的故事就是关于一个人如何改变的故事。一个人在这个世界上可以有多种形态，呈现出不同的生命样貌。

她曾说："我受过的教育，谋生只是其中的一部分，而更多的是关于如何成为一个人，我想写一个关于这个过程的故事。"

塔拉在哈佛大学攻读博士期间，曾疯狂收看各种电视剧。那段时光正是塔拉经历着失去家人的阴暗过程。她收看了自己30年来没有看过的电视剧，并且对于自己所接触的电视剧、电影、小说，甚至广告中的故事变得非常敏感。

在塔拉的成长过程中，没有人可以告诉她如何去感受、如何表达感情、什么时候是自豪的、什么时候是羞耻的。而她可以从故事中学到应该如何去感受、何时应该感到自豪、何时应该感到羞耻。还有一种故事，是她希望看到，但是并没有出现的。"当我正在经历失去了家人的过程，我不知道自己应该有什么样的感受。当我是个好人但我的父母却不这么认为的时候，我不知道应该有什么感受。"

　　塔拉向父母讲述哥哥肖恩对她施加的极为粗鲁的暴力行为、讲述肖恩可能拥有的精神病症时，父母决定站在肖恩的一边，极力袒护儿子。

　　在塔拉阅读过的所有故事当中，没有一个故事能够告诉她如何应对家人这样的对待，以及应该如何对待自己。所以，塔拉撰写的是一个关于家庭忠诚的故事。然而，在这部自传体小说当中，直至故事的结尾，"大团圆"结局依然未能出现，也就意味着塔拉与家人未能和解。切入塔拉实际的生活当中，她不知道自己是否能够与家人和解，但她曾说："我需要相信我可以原谅他们。"

Day 2.

岁月改变了容颜，也改变了一切

  故事以塔拉的童年生活为开端。塔拉有六个兄弟姐妹，其中四个没有出生证明——对爱达荷州和联邦政府而言，他们是不存在的。

  在塔拉的成长过程中，他们家一直在为世界末日做准备。夏天储存桃子，冬天更换补给。塔拉五六岁的时候，吉恩为孩子们讲述了一个为自由而战的故事。故事发生在塔拉的家庭周围……兰迪·韦弗为了防止孩子被政府洗脑，便不送孩子到公立学校读书，结果被联邦政府的人包围并杀害了。

  因此吉恩也不同意将孩子交给学校教育，认为那是政府引导孩子远离上帝的阴谋。吉恩预见了未来可能遭受到的伤害，便带领大家走上了防御之路。然而，危险并没有来临。吉恩深信《以赛亚书》中关于以马内利的预言，并且喜读《圣经》。书中说："到他晓得弃恶择善的时候，他必吃奶油与蜂蜜。"第二天，家中的奶制品便替换成了蜂蜜。吉恩反对喝牛奶之时，山下奶奶便将冰箱里塞满了牛奶，以此表明自己的立场与态度。父亲拒绝送孩子到学校去，奶奶却鼓励塔拉勇敢求学，并决定带着她到亚利桑那州去上学。

一个阳光明媚的春天，塔拉的母亲法耶成为助产士的助手。初次协助生产的母亲，看到了产后大出血的产妇与脐带绕颈的婴儿，便意识到了助产士这份工作需要具备良好的心理素质，也需要承担较大的风险责任。

她开始退缩了，这将打乱塔拉的父亲吉恩制订的自力更生计划。而吉恩不会允许这一幕发生。几周后的一个午夜，法耶正式成为一名助产士。助产士的工作为法耶带来了极大的改变。她不再为自己没有化妆而感到抱歉，也不再依附丈夫的经济资源以维持生存。她用赚来的钱带塔拉和奥黛丽到餐厅吃饭，也用这笔钱学习缝合技术，提高助产技能。剩余的钱便为家中添置了一部电话。她所做的一切都是为了自力更生。卢克15岁时想报名参加驾驶培训，让母亲为他开一份出生证明。法耶着手准备之后，决定为大家都办一份出生证明。

塔拉的母亲法耶在城镇里长大。外婆拉鲁是山谷里最好的裁缝，为女儿量身定制各种服装。婚后，她便致力于构建一个完美家庭。白色的尖桩栅栏与衣橱里的手工缝制衣服，是拉鲁保护女儿们免受社会伤害的盾牌。

拉鲁要求女儿们天不亮就起床梳头，女儿们整个早晨都沉浸在挑选鞋子的颜色当中，甚至母亲因为坚持调换鞋跟的高低而迟到。如今，母亲逃离了那个世界，塔拉为母亲感到庆幸。塔拉的父亲吉恩是一个看上去既严肃又调皮的年轻人。塔拉对于父亲的童年生活知之甚少，大多来自母亲的回忆。吉恩的童年在经营农场度过，他父亲的脾气是山谷里出了名的暴躁。

成年后的吉恩强烈反对女性工作，或许只是希望在农业局上班的母亲能够待在家里，避免自己和暴脾气的父亲有过多的单独接触。吉恩与法耶在城里相遇。长期生活在农场的吉恩携带着与众不同的气质，他身上有着一股超越同龄人的严肃认真劲儿、有健壮的身体和个人的主见，这些都令法耶印象深刻。

吉恩24岁那年邀请草药师为二儿子肖恩接生。父亲吉恩的转变也许正是在这一年初现端倪的。因为双相情感障碍（也称躁郁症）发病的平均年龄是在25岁。躁郁症的症状之一便是偏执狂。偏执狂和原教旨主义瓜分了塔拉的人生，它们带走了塔拉最在乎的人，只为她留下了学位和证书。历史总是惊人相似，拉鲁与法耶曾经历过的母女分离的场面即将再度上演。

塔拉的父亲生病了，法耶认为他需要阳光，便决定全家人一同动身前往亚利桑那州。到达目的地三天后，吉恩的病症好转了许多。他在无意间听到母亲预约了医生，便大发脾气，声称自己母亲是光明会的。信奉药草学的他，极度排斥医生与药片，并且认为医生不是治病救人，而是害人的。他发表言论的激情不断，然而其他人都已经麻木了，尤其是吉恩的母亲。

一个炙热的下午，奶奶带着塔拉和理查德到沙漠兜风。在那里，塔拉发现了黑曜石。这些坚硬的石头在传说中被命名为阿帕奇眼泪——是阿帕奇女人为战斗中不甘忍受战败耻辱而跳崖的丈夫流下的绝望泪水。在返程路上，塔拉陷入了沉思，她仿佛感受到女人们的命运早已注定。

在亚利桑那州的第六天，吉恩决定晚饭后动身回家，以便早些投入拆解废品的工作当中。17岁的哥哥泰勒负责全程驾车，一整晚平安无恙。车祸发生在次日早晨，由于泰勒疲劳驾驶，车子撞上了电线杆，最后在一辆拖拉机前停下了。车子里的每个人都受了伤。法耶的伤势最重，伤到了眼睛的她，在地下室待了整整一周没有出来，脸部肿胀越来越严重。

然而，没有一个人再提到医院。吉恩认为，医生帮不上忙，法耶的生死掌握在上帝手中。泰勒对此事极为自责，但塔拉却从不责怪他。毕竟，"人们共同或者独自做出的那些决定，聚合起来，制造了每一桩单独事件"。

车祸一个月之后，泰勒宣布他要去上大学。泰勒也没想到，这个决定让他成为塔拉求学路上的引路人。

Day 3.

令我们念念不忘的梦想，必有回响

  泰勒性情较为古怪，与家中人格格不入，他喜欢读书，喜欢分类、标记、整理。他曾经积攒了五年的铅笔屑，按照年份分类收纳。家中的兄弟们一旦发生争执，他就听CD。一个周末的下午，塔拉在翻看泰勒的CD，被泰勒撞见。从那以后，音乐便成了他们的共同语言。塔拉听音乐的时候，泰勒便在一旁看书。

  和泰勒在一起，塔拉发现了自己的变化，她极力控制自己不要大喊大叫，不要与理查德打架。她透过他的眼睛看到了自己。

  他们的学习全靠自学。而真正的挑战在于找时间学习。早上7点，吉恩已经为孩子们派好了活儿，但总能在一个小时之后发现泰勒并没有干活，而是坐在房间里学习。面对父亲的呵斥，泰勒大多数时间只得乖乖就范，出来干活。但也有少数时候能够赢得与父亲的争吵，继续留在屋子里学习。

  泰勒喜欢待在外祖父母家，也喜欢他们之间平静、有条理的说话方式。外婆为泰勒去上大学感到骄傲，并且鼓励塔拉追随哥哥的脚步。那时的塔拉竟然觉得，外婆也被洗脑了。几周后的一个周末，吉恩召集全家人，宣布全家已经积攒了足够的食物、燃料和水，只差把钱换成金银了。

8月的一个早晨，泰勒打包了衣服、书和CD，离开了巴克峰。一个月之后的某天下午，塔拉在外婆家中看到了漂亮的房子、卫生间与镜子中美丽的自己。她想，也许这就是远走高飞的泰勒所要追求的，顿时心生怨恨。如厕之后，在外婆的要求下，塔拉第一次用香皂洗了手。

车祸之后，所有人都在努力站稳脚跟。法耶的病情逐渐好转，但记忆力的衰退让她一度怀疑自己能否胜任接生这份工作。经历了一番思想斗争，她再次走上岗位。不幸的是，她不再像从前那样能够独立完成工作。

圣诞节的一瓶高价精油帮助偏头痛的母亲转移了注意力。法耶开始投入自主研制精油的目标当中，发明了"肌肉测试"的招数。大抵是询问身体的需要，并由它自己回答。法耶对此信以为真，但塔拉却一点也感受不到热能量在体内的流动。泰勒的身影一直在塔拉的心头挥之不去。念念不忘，必有回响。终于，一个奇怪的念头在塔拉的脑海中闪现：我应该去上学。

塔拉收集到了家中的各种书籍。与此同时，理查德也总是蜷缩在黑暗的地下室里狭小的空间内，阅读百科全书。吉恩千方百计地阻止孩子们阅读书籍，防止他们对学校和书本过于感兴趣。塔拉抓住了晚饭后的自由时光，她模仿着泰勒曾经学习时的样子，一边播放唱诗班合唱乐，一边努力研读宗教书籍。

塔拉学会了耐心阅读，也学会了如何在废料场上躲避吉恩盲目的投掷。一个人干活时，塔拉总是很快就完成了。

一个寻常的周末，塔拉做了一件不寻常的事情。她终于鼓足勇气告诉父亲："我想去上学。"然而得到的答复却是："在这个家，我们遵守上帝的戒律。"

塔拉10岁那年，在一个干旱炎热的夏天，吉恩雇了一台汽车破碎机。卢克协助父亲抽干汽油并拆除油箱。在操作的过程中，卢克的裤子浸湿了汽油。炎炎夏日，晾干一件衣服不是什么难事。问题就在于卢克全然忘记了浸湿裤子的是汽油，而不是水。午后工作时的卢克双腿夹住割炬，火石与钢相碰撞擦出了小火星，火星顺势转变成火苗，吞没了他的双腿……

要想离开废料场，只有一个办法——找一份工作。11岁的塔拉只身前往镇中心求职。功夫不负有心人，塔拉找到了几份工作。她在每周一、三、五照顾玛丽的女儿，每周二、四照顾伊芙的孩子们。下午至晚上，她在兰迪的商店兼职打包腰果。塔拉对于音乐有着极大的兴趣，她请玛丽教她弹钢琴，以此抵偿自己的薪水。在玛丽的介绍下，塔拉跟着玛丽的妹妹卡洛琳学习舞蹈。在紧身衣、漂亮裙子、白色裤袜和芭蕾舞鞋的人群中，穿着灰T恤、牛仔裤和钢头靴的塔拉显得格格不入。

卡洛琳建议塔拉购买一套舞蹈装备，却被塔拉以那种服装"不端庄"为由拒绝了。卡洛琳转而联系塔拉的母亲。几天后，塔拉便拥有了一套紧身连衣裤、白色裤袜和爵士舞鞋。但她总是在舞蹈服的外面套上长长的灰色T恤，严格遵循父亲的教诲——正派女人不能露出脚踝以上任何部位。

为了让每个孩子都能参加圣诞演奏会，卡洛琳选择舞蹈服时，考虑到塔拉一家的衣着观念，为孩子们准备了灰色运动衫。演奏会在教堂如期举行，出乎意料的是，吉恩也一同前来观看女儿的演出。换上演出服的塔拉，使劲把布料往下拽了几寸。舞台上，塔拉为了不让衣服褪到膝盖以上，跳舞时扭扭捏捏的，但这破坏了舞蹈的整体效果。

表演结束，返回家中的路上，吉恩大发雷霆，指责卡洛琳的舞蹈是恶魔撒旦的诡计，认为如此"淫荡的"表演不应当发生在神圣的教堂里。

法耶为塔拉找了一位声乐老师，以弥补内疚之感。几周后，塔拉便在教堂唱起了赞美诗。她的歌声赢得了一致好评，为父亲赚回了面子。

1999年夏天，塔拉在虫溪剧场排练的时候，吉恩十分肯定世界末日要降临了。可虫溪剧场仿佛是另一个世界，在那里，人们有说有笑，从来不谈论世界末日。吉恩对于塔拉唱歌这件事十分在意，时常为她出谋划策。他担心女儿在舞台上堕落，每次都亲自开车送她到剧场。那年冬天，塔拉的嗓子持续疼痛，扁桃体发炎了。

吉恩不带女儿去医院，而是让她在寒冷冬日的早晨仰着头晒太阳。这样的做法导致塔拉的嗓子炎症越来越严重了。转眼间，预言书上所说的世界末日要到了。塔拉一家齐刷刷地坐在一起，熬夜等待那一刻的降临，但什么也没有发生。塔拉在泰勒的影响下，萌生了一颗蠢蠢欲动要去上大学的心，但原生家庭中根深蒂固的观念禁锢着她，让她无法抛弃一切、一走了之。

Day 4.

一番话与一张图，敲醒了她沉睡的心灵

生活还在继续，但虔诚的信徒吉恩变得意志消沉。法耶决定全家人再次动身到亚利桑那州去。太阳让颓废的吉恩再次复苏了。但历史也再次重演了。

吉恩没有吸取上次的教训，依旧决定夜晚行车。这次车祸导致塔拉的脖子僵住了。塔拉卧床养病期间，哥哥肖恩返回家中帮助父亲干活。某天晚上，肖恩猛拽塔拉的头部，塔拉顿时天旋地转。当晚，奇迹出现了，塔拉的头部可以扭转、活动了。

塔拉在肖恩身上看到了她所希望的父亲的样子，那是一位让她渴望已久的守护者，一名想象出来的斗士，一个不会把她扔进暴风雪中的人，一个当她受了伤，能让她重新变得完整的人。

肖恩让塔拉捉摸不透。他们在一起玩耍的时光，有快乐，也有悲伤。春天，他带着妹妹一起驯服了舅老爷送给塔拉的骟马（阉割过的马）——巴德。

整个夏天，肖恩沉浸在购买未被驯化的、便宜的马品种当中。肖恩第一次骑上新买的古铜色母马，塔拉骑上巴德，开始

了短途骑行。意外总是在不经意间打破寂静。往山上走了半英里之后，塔拉离母马太近，马儿后腿高高抬起，踢中巴德的胸膛，巴德发狂般地直冲峡谷。塔拉的脚滑下马镫，小腿卡在里面。

那一瞬间，诸多想法在塔拉的脑海中翻滚，也许她可以松开马鞍角，迅速抓住移动的缰绳，或者抽出小腿以防摔伤。她虽然相信"依靠自己，胜算才更大"，但是直觉告诉她，不应该松开马鞍角。不出所料，肖恩骑着那匹未被驯服的母马阻止了巴德，创造出了奇迹。

因为需要照顾生病的妻子，大哥托尼向肖恩发起了求助。一向讨厌长途运输的肖恩，在塔拉的陪同下出发驾驶货车。货车上的居住环境和饮食都十分简陋，但兄妹俩却乐在其中。一周后，他们回到废料场上继续干活。

肖恩送塔拉去虫溪剧场，遇见了拥有一双鱼一般眼睛的赛迪，她的父母正在闹离婚。肖恩和她堕入了爱河。"他总是去保护那些折翼天使。"但这是一段非常不健康的恋爱，没有平等与美好，反而充斥着折磨、暴力与顺从。这种强烈的控制欲也同样作用到塔拉身上，塔拉不从，肖恩便把她的头部按进马桶、加大力气折她的手腕，通过这种暴力的方式强迫她道歉。剧烈的疼痛让塔拉说出了"对不起"。塔拉看着镜中的自己，恨自己的软弱，也恨自己有一颗易碎的心。

卫生间事件之后，肖恩请求塔拉的原谅，并为此事道歉。

塔拉告诉肖恩，自己已经原谅他了，但事实并不是这样。肖恩与赛迪分手，便将一切怒气转移到了塔拉身上。

而泰勒的出现却把一切都按下了暂停键。对塔拉而言，他简直是救赎。当天晚上，肖恩带着一串乳白色珍珠来到妹妹房中。他声称担心妹妹迷失自我，不愿看到她变得轻浮，试图用外貌得到自己想要的东西。而这正是塔拉所害怕的，她请求哥哥监督自己不要变成那样的人。兄妹二人达成协议，他们就这样重归于好。但目睹了塔拉被肖恩拽着头发拖着走的场景，泰勒强烈建议她离开巴克峰，去上大学，去看看外面的世界。他说："一旦爸爸不再在你身边灌输他的观点，世界就会看起来大不一样。"

也许是下定了决心开始改变，次日，塔拉便为自己的房门更换了一把新锁。她不愿让肖恩随意进出房间。

某天晚上，泰勒的一个电话，扭转了塔拉的人生走向。在这之前，她十分清楚自己未来的人生轨迹——十八九岁时，结婚、生子，成为一名像母亲一样的助产士。泰勒催促塔拉买书自学，为将来的大学入学考试做准备，并为妹妹讲述了她所钦佩的西尔斯修女是通过学习才学会了指挥唱诗班的例子。他的一番话动摇了塔拉内心深处存在的、根深蒂固的命运观念。

挂断电话几分钟后，塔拉便上网找到了杨百翰大学的图片。她为眼前的这番电影般的画面心动了。她驱车到书店购买备考大学所需要的书籍，开启了自学模式，为将来考入大学做着准备。她会到虫溪剧场的包厢里一边看排练，一边研读数学书。数学使她倍感痛苦，她向母亲求助，她们三个小时才解答出一道题目，得出的答案都是错误的。无奈之下，她只能向父亲寻求帮助。但父亲只能写出答案，却不知道解题的过程。

学习了一个月的三角学，并未取得实质性的进展。塔拉决定向那个自学成才的哥哥请求帮助。两个人在黛比姨妈家中碰头。哥哥的耐心讲解，为塔拉的数学之门推开了一道缝。泰勒自学的身影总是在潜移默化地影响着塔拉，也总是在关键时刻给予妹妹思想上的启迪与救赎。

Day 5.
喜乐与忧愁，都是生活的常态

某天晚上，躺在床上发呆的塔拉听到了父亲的脚步声，她一跃而起，做出了类似敬礼的动作。吉恩第一次走进女儿的房间，却是为了阻止女儿的求学之路。他声称上帝即将为此发怒，灾难不久便会降临。塔拉信以为真，在打算打退堂鼓时，却被母亲及时制止了。在母亲的心目中，她应当是第一个冲出大山的人，如今泰勒成为第一，塔拉也应当紧随其后。

过了心理这一关，第二重物质方面的难关又来了。先前肖恩在工地出了事故，塔拉辞掉工作去照顾他。现在上大学的目标更清晰了，她必须为自己赚一笔钱以供学费。为了让注意力更加集中，她早晨6点便开始学习。虽然她深信自己考不上杨百翰大学，但还是"知其不可为而为之"，勇敢地报了名。考试前夕，塔拉因精神过度紧张失眠了，许多灾难性场景在她的脑海中浮现。

但在考试面前，她没有退缩。在考场上，塔拉见到了从未见过的答题纸，也意识到了自己因翻页声和涂写声而无法专注的缺点。考试结束，她对自己完全失去了信心，认为自己注定是考不上的。离开考场，她便离开了他们的世界，穿上工作服，塔拉回到了自己的世界。

一个白色信封邮寄到塔拉沾满油污的手上，22分的考试成绩不足以让她考上大学。

吉恩热衷于为废料场添置各种有着致命危险的机器。为了处理农场周围的角铁，他带回来一台最吓人的机器，称之为"大剪刀"，肖恩则称之为"死亡机器"。机器是最为冷酷无情的，稍有不慎便会让人残肢断臂。

卢克首先中招了，他为了取悦父亲，欣然上前尝试操作机器。操作过程中，机器擦伤了他的胳膊，鲜血喷溅不止。下一个被点到名字的是塔拉。她小心翼翼地拿起一小块铁放进刀刃中间，安全躲过一劫。但当她在切第二块铁的时候就不那么幸运了，强大的反作用力将塔拉推向刀刃的方向，她双脚离地，松开双手，便瘫倒在一片泥地里。

肖恩怒气冲冲地走来，冲着父亲大喊大叫，认为他不应该让妹妹冒这个险。而父亲为了他的威信，也爆发出了极大的愤怒之声，甚至以将塔拉赶出家门来威胁她。

繁忙的工作没有冲蚀掉塔拉学习的决心。为了躲避父亲的咒骂，她常常到城里的外婆家学习，为重新参加入学考试做准备。一个周六的晚上，肖恩也来到了外婆家，与塔拉一同看电影。肖恩表示他也相信妹妹能够考上大学。这是难得的一个兄妹之间和睦相处的、美好的夜晚。然而，一场意外打破了所有的静谧与和谐——肖恩骑摩托车返家的路上出车祸了。

驾车返回的塔拉在聚集的人群中央发现了倒在血泊中的哥哥，她打电话给父亲，得到的命令是：带肖恩回家，交给法耶医治。塔拉在慌乱中看到了熟悉的面孔——德万，在德万的帮助下，开车载着肖恩返家。如果说肖恩从托盘上摔下来是上帝的意志，那么第二次又是谁的意志呢？

塔拉突然改变了主意，向她从未到过的医院驶去。医生宣布肖恩的病情不算太严重时，塔拉有过自责，认为送哥哥到医院是一件愚蠢的行为。但是，毫无疑问，如果再次面对倒在血泊中的肖恩，塔拉依然会选择送他到医院去。

从那一晚起，塔拉对于自己的去留再无疑问，她和父亲已经走在了不同的岔路口。

三周后，塔拉收到了杨百翰大学的录取通知书。她麻木地撕开信封，像是在阅读一份判决书——她拿到了28分，这堪称奇迹！

元旦，母亲开车送塔拉到了大学校园。在公寓里，塔拉见到了室友香农——一个完完全全属于吉恩口中所谓的"异教徒"。香农穿着的吊带背心、紧身裤，她的所作所为打破塔拉的认知范围内所能够承受的界限。次日，塔拉见到了衣着"正常"的玛丽，便以为找到了同类，不再孤独。但玛丽毫无忌惮地在礼拜日买东西的行为，再次冲击着塔拉的视觉和心理。新鲜的人、事、物一次又一次地向塔拉所接受的教育发起挑战。

第一次上课，塔拉不仅乘坐了反方向的公交车，而且闯进了大四学生的课堂。一周后，她才在网上勉强挤进几门课程。塔拉变得无所适从。安息日那天，塔拉与室友们一同来到了教堂。教堂里，女孩子们身着露膝短裙，香农穿着V领上衣，这一切冲击着塔拉的视觉，让塔拉再度为此一惊。

在杨百翰大学，塔拉第一次感受到了她与同学之间的巨大鸿沟。眼前的现象与往日的回忆做参照，塔拉的心中泛起了涟漪。究竟是站在家人那边还是异教徒的那边？她只能选择一种。做出决定之前，她不敢与人交往，只有缩在角落里才能找到童年时期所曾有过的安全感。考上大学的塔拉，正在迎接人生中的一次考验。

Day 6.

学会反驳与拒绝，是开启觉醒之路的前提

　　不同的生活习惯让塔拉公寓里的气氛十分紧张，经济的拮据也一度困扰着她。面对课程考试，她一头雾水，答题时大脑一片空白。她拨通了家中的电话，向父亲诉说自己通不过考试、拿不到奖学金。这一次，不同于以往的大喊大叫、冷嘲热讽，父亲的回应充满了柔情。一通电话之后，塔拉的心中多少有了些安慰，她开始为下次考试进步做准备。塔拉向凡妮莎借用读书笔记，却遭到拒绝，在凡妮莎的建议下，她才发现自己一直以看图画、听CD代替阅读教材。

　　"读课本"为塔拉创造了奇迹，让她在下一次考试中获得了优异的成绩。学期结束，塔拉回到巴克峰。为了赚钱，她再次来到斯托克斯商店，仅仅干了一天的活，就被父亲威胁着回到废料场帮工。母亲告诉塔拉，如果她不帮父亲干活，就需要搬出家门，以此要挟塔拉做决定。

　　塔拉不愿意再回到过去的生活，向救命稻草——泰勒打电话求助。但令她失望的是，泰勒也无法帮助她。她辞掉了商店的工作，回到了原点。查尔斯在教堂与塔拉相遇，塔拉鼓足勇气学着香农的样子与对方侃侃而谈，也顺势接受了与查尔斯一

同看电影的邀请。

就这样，塔拉恋爱了。她开始为自己购买女式衬衫和女式牛仔裤，开始学习化妆。恋爱中的塔拉无法接受和查尔斯任何的肢体接触，她总会把自己和"妓女"这个词联系起来。父亲在工地上故意刁难塔拉，一向愿意伸出援手的肖恩也对她冷嘲热讽，甚至当着查尔斯的面给她起绰号，他们意图将她拉回到求学之前的样子。

肖恩戏称因污渍弄脏了脸庞的塔拉为"黑鬼"，他企图通过这个称呼来羞辱塔拉，但这一次，塔拉不再像以前那样毫不在意。"以前的一千次，我都无动于衷。"在杨百翰大学历史课上所学到的知识震动着塔拉的内心。她开始学会反驳、学会拒绝，并开启了一段觉醒之路。那句"黑鬼"的背后积淀着历史的重量，在塔拉的眼中，这不再是玩笑，而是促使她坚定信念的助力器。

新的学期，塔拉搬到了新公寓，遇见了新的室友，她不再为室友的跑步短裤而惊讶，也没有为另一位室友的健怡可乐目瞪口呆。某天晚上，她第一次在如厕后使用香皂洗了手。

一切都在悄然发生变化。塔拉整日熬夜苦心钻研数学，胃溃疡将她打回了原形，她拒绝去看医生，并相信母亲能够医治好自己的病症。在查尔斯的建议下，塔拉勇敢地敲响了教授办公室的门，以寻求课程帮助。教授做出让步，同意以最终的成绩为标准。塔拉信心倍增，为了学好这门课、拿到奖学金继续学业，她愿意找代数家教。

这一个感恩节，塔拉带着男朋友一同回了家。肖恩动手戳到了塔拉的肋骨，遭到了她的反抗。气急败坏之下，肖恩拎着塔拉的脚，将她拖至起居室，坐在她的肚子上，前臂勒住她的气管，要求她道歉。

饭前发生了三次同样的事件，第一次塔拉反抗，并为自己的反抗道了歉；第二次，她没有反抗也没有说话；第三次，肖恩戳她的肋骨让她疼到喘不过气来，她只大喊了一声"你为什么这么做？"便又被摁在地上，为打碎盘子而道歉。

从那以后，塔拉变得反复无常、情绪失控，不断地衡量查尔斯所给予的爱，将所有对于原生家庭的怒火一并抛掷到这个无辜的外人身上。直到查尔斯无法承受，他告诉塔拉，能够拯救她的只有她自己。查尔斯离开后，塔拉为了证明自己离开他也能取得优异成绩，便开启了疯狂学习模式。期末考试交上的一份答卷，便是塔拉最好的自证。

回到巴克峰，塔拉的噩梦又来了。某天傍晚，放下手中的螺丝枪，肖恩邀请塔拉到城里闲逛，碰巧偶遇了查尔斯的红色吉普车。

肖恩计划为他们制造一场偶遇，让查尔斯看到蓬头垢面的塔拉，并以此作为玩笑。塔拉拒绝了这个游戏，却被肖恩施以重拳并当街羞辱。肖恩拖曳塔拉的腿部以致她躺在冰凉的地面上，暴露出内衣。他丝毫听不到她的请求，在对她施以暴力的过程当中获得快乐。面对围观群众,塔拉极力以大笑来掩饰尴尬,但那声音更像是尖叫。

事后塔拉仅仅因为肖恩多道了一次歉而倍觉心软,认为错在自己。但这一次的原谅并不是云淡风轻。塔拉在选择原谅的同时,也学会了反思,意识到自己长久以来活在别人的控制下,而忘却了自己的声音也可以与别人的声音一样有力。

塔拉15岁时开始涂睫毛膏和唇彩,却被肖恩冠以名声不好的污蔑。父亲以为塔拉未婚先孕,而无知却让塔拉保持了沉默,她也不知道自己是否怀孕。

"我无法为自己辩解,因为我压根儿不理解那种指责。"现在,塔拉终于明白自己的处境,不愿意再被别人定义、不愿再活在操纵和暴力当中,她需要重塑自我,因此找到了主教。主教让塔拉讲述内心的苦楚,一点点地消除塔拉身上的耻辱感,并为她重塑心理认知、给予她心理能量。学期结束返回家中时,主教要求塔拉再也不要为她的父亲工作。多年前碎裂的牙齿再次断裂,再一次将经济拮据的事实摆在塔拉的眼前。

塔拉牢记父亲的教诲,认为接受政府捐助就等于把自己交给光明会,所以拒绝了政府助学金,她不得不选择退学工作。圣诞节这天,肖恩的100美元拯救了塔拉。她开车返回学校,付了房租,找到一份家政保洁工作。主教强烈建议塔拉申报助学金。经过一番思想斗争,塔拉重返巴克峰,在母亲的帮助下拿到了纳税申报单复印件。

一周后，在罗宾的陪同下，塔拉终于递交了助学金申请，不久后便得到了一张4000美元的支票。这解决了塔拉的燃眉之急，也让她实现了自己不再为父亲工作的承诺。自从为了偷报税单那天起，塔拉首次为了离开家而回到巴克峰，也同时意味着她放弃了家乡。教育为塔拉带来了一些变化，改变了她旧有的观念。不知不觉中，她踏上了重塑自我的道路。但重塑自我之路上布满了荆棘与坎坷，正如人生之路一般，从来不会一帆风顺。

Day 7.
书写属于自己的历史，遇见更好的自我

在大学课堂上，她第一次听说"双相情感障碍"这个专业名词，父亲的精神状态正与之吻合。活跃的思维、新鲜的知识共同触发了塔拉关于兰迪·韦弗事件的遥远记忆。查阅网页才发现，是父亲杜撰了历史。塔拉沉浸在研究双相情感障碍当中，拿出了优秀的论文，也对自己的原生家庭有了更为明晰、透彻的认识。她说："我决定尝试过正常人的生活。19年来，我一直按照父亲的意愿生活，现在我要试试别的活法。"

塔拉搬到了新公寓，开启了新的生活。与新的男友牵手让她感到兴奋，她认为自己不再有心理障碍。一切都在奔着好的方向发展。大三的秋季学期，塔拉改变了入学初衷，放弃了音乐，选择了地理、历史和政治。学期结束时，她感觉到了世界的广大。

塔拉写出了一篇优秀的论文，但在充满侮辱、咆哮的家庭中成长起来的她，无法接受来自导师的认可与赞美。

"比起仁慈，我更能容忍任何形式的残忍。赞美对我来说是一种毒药，我被它噎住了。"

看着8月份告别晚宴上女同学华丽的着装、精致的妆容，

塔拉感受到了优雅的环境，但塔拉依旧只想快点离开、回到房间独处。她认为无论自己如何打扮，都与剑桥学生有着根本性的差异。

"我内心有什么东西腐烂了，恶臭熏天、令人作呕，仅凭衣服无法掩盖。"

而克里教授的一番话，带给塔拉无限的启发："决定你是谁的最强大因素来自你的内心。"

一个相信自己的人，穿什么衣服都无关紧要。塔拉在一次又一次的心理斗争中重塑自己的认知，她申请了继续读研，同时也成为杨百翰大学第三位获得盖茨奖学金的学生。吉恩目送女儿登机，脸上写满了爱意、恐惧和失落。如果女儿在这片土地上，世界末日来临之际，他随时可以加满汽油接她回家，但现在，女儿要去大洋彼岸了。

塔拉在姐姐奥黛丽家体验了一天留在山上的人生，发现了自己身上的毛病，终于下定决心改变。塔拉·韦斯特弗从强迫自己与其他同学交往，到换上了修身的、无袖的、领口不那么规矩的时尚衣服，才发现自己看起来与他人并无两样。

导师大卫·朗西曼博士看到了塔拉的才华，认为她有能力在剑桥继续读博士。罗马之行教会她感悟历史与美，指引着她学会欣赏过去，塔拉的内心悄然发生着转变。奥黛丽的一封信，将这一切按下了暂停键。奥黛丽请求塔拉与她一同和肖恩、父母对质。

塔拉认为此事亟待从长计议，但奥黛丽次日便出卖了她。母亲与塔拉通信联络，二人敞开心扉。母亲为了安抚女儿，表示已经在着手处理此事。塔拉在通信的过程中重述童年创伤，母亲的安慰是一种治愈，强大的力量重新焕发，让她在某种程度上完成了自我救赎。她不再避讳谈论自己的家乡，在餐桌上讲述着打猎骑马、拆解废料、扑灭山火等各种趣事。她愿意相信：现在一切都变得很好，未来真的会更好，也只有未来才有分量。

　　相比于巴克峰，塔拉更喜欢自己选择的家庭与在剑桥建立起的新生活方式。这种选择也同时意味着她对于巴克峰的背叛。

　　在"教堂"中与父亲当面对质的这一刻终于到了，塔拉表示自己需要干预肖恩的暴力倾向和控制欲。母亲在一旁，一言不发。父亲叫来了肖恩。肖恩递给塔拉一把刚刚杀掉宠物狗的小刀，要她自我了断。

　　"骗子们已经歪曲了事实，现在该轮到我了。"塔拉开始矢口否认自己对父亲说过的所有话。威胁、否认、训诫、道歉，贯串起那晚对质的整个画面。母亲从未与父亲对质，父亲也未与肖恩对质。父亲没有答应帮助奥黛丽和塔拉。母女敞开心扉的那晚，只是一种附和，转瞬成空。

　　塔拉离开大山之后，肖恩宣布与塔拉断绝关系。父亲将过错指向塔拉，认为她的记忆不可信，也不能轻易地指控别人。

母亲则否认肖恩那把刀所带来的威胁性，一周后，她甚至矢口否认那把刀的存在。塔拉在崭新的生活中开启了狂热的遗忘模式，但奥黛丽扭曲事实、污蔑塔拉从背后作梗，再次将她推向了深渊。失去了姐姐奥黛丽，也就意味着失去了全部家人。

与此同时，塔拉得到了哈佛大学访学奖学金。喜悦与忧愁从来都不能相互抵消，她开始思考自己为了教育所付出的代价，并对它心生怨恨。

直到艾琳的表弟作为真正的证人出现，塔拉自我怀疑的狂热褪去，相信自己的记忆比别人的更为可靠。

父母来到了哈佛大学校园，企图劝女儿皈依，塔拉也在考虑如何顺从。但这一段看似双向奔赴的美好感情却未能拥有一个好的结局。塔拉带着父母到了纽约州的抛迈拉看神圣树林，父亲希望塔拉触摸神殿、得到救赎，她照做了。

为了赢得父母的爱，她甘愿放弃自己对于是非、现实和理智的看法。但遗憾的是，除了冰冷的石头，她什么也没有感受到。不同的信念与信仰，将塔拉与父母的隔阂加深了。

父母走后，塔拉不再学习。学业的落后让她的博士学位岌岌可危。浑浑噩噩地度过了几个星期之后，塔拉决定接受父亲的赐福，企图通过这样的方式弥补一切，并坚信自己能够修复与父母之间的裂痕。抵达巴克峰之后，一切又变了。艾琳的背叛与母亲内心的恐惧让塔拉心灰意冷，她带着日记本、带着回忆，离开了巴克峰，回到英国继续学业。塔拉在噩梦不断、恐慌症发作的痛苦折磨下，给父亲写了一封充满着愤怒与谩骂的信，计划通过这种方式与父母断绝关系。

　　情绪的掌控困住了塔拉的整个心灵。有人背叛，也有人坚定地站在你的身后。泰勒的一封信，将塔拉拉出了万丈深渊。他说他也看清楚了父母的虐待、操纵、控制、扭曲的家庭忠诚观念和信仰。谁不是一边跨越心理障碍，一边进步的。改变总会到来，塔拉开始求助于大学心理咨询服务并潜心学习。

　　学期末，塔拉结合自己的经历与所学知识交上了一篇优秀的毕业论文。"历史是由谁书写的呢？我想，是我。"塔拉开启了全新的、幸福的生活。

　　人生中哪有完美无缺，塔拉失去了自己的家庭，却在姨妈和舅舅那里重获了一个家庭，也从外公、姨妈和舅舅的口中，重新认识了不同于父亲口中的外婆。巴克峰里的暴力、伤害和摇摆不定的忠诚还在上演，而塔拉则庆幸自己离开了那座山，过上了平静的生活。

　　她决定不再为自己抛弃父亲的行为找到借口，而是从自身出发，为了自己接受自己所做出的决定。塔拉塑造了一个全新的自我。"你可以用很多说法来称呼这个自我：转变、蜕变、虚伪、背叛。"而她称之为——教育。

《窄门》

只有少数人知道的路

[法]安德烈·纪德

纪德笔下的《窄门》，主要讲述了杰罗姆与表姐阿莉莎之间凄美的爱情故事，演绎着十字架交会下的世俗之爱与神圣挚爱的激烈冲突。

阿莉莎作为一个殉道者，进入窄门去寻找彼岸的幸福。这一悲剧的产生也引发我们对宗教信仰的思考。该书出版于1909年，奠定了安德烈·纪德在法国文坛上的精神领袖地位。

全书具有浓重的自传小说色彩，它立足于欲望和信仰的冲突，以第一人称的视角，讲述了一对青梅竹马的恋人拒绝世俗之爱，寻求圣洁之爱的悲剧故事。

MAI JIA
READING
WITH YOU

Day 1.
请始终坚信，人这一生具有无限的可能性

故事发生在19世纪末的法国，杰罗姆和阿莉莎是一对情投意合的表兄妹。亲上加亲的关系，原本会让他们的爱情和婚姻得到所有人的祝福。可阿莉莎却是一个崇尚圣途、追求高尚和美德的"禁欲主义者"。

杰罗姆深受折磨，他付出了自己的一生去爱阿莉莎。却不曾料想，阿莉莎始终对世俗中认为的幸福抱有悲观的态度。为了能成全杰罗姆走进她理想中的"至高处"，阿莉莎不断地克制自己的爱欲。

她以为一切都是值得的，却并不知道，这种盲目的牺牲不仅注定了她一生的悲剧，也将杰罗姆推进了绝望的深渊。

《欧洲文学史》在介绍《窄门》时曾指出："这部作品以肉体的消亡去殉教和殉情，反映了纪德在探求灵与肉和谐统一的过程中，无法摆脱的矛盾和内心的复杂斗争。"作为安德烈·纪德创作成熟时期发表的作品，《窄门》被誉为是对"宗教禁欲主义"的又一次冲击。安德烈·纪德始终认为："这世上最可靠的向导，就是心系四方、无处不家，总受欲望的驱

使，走向新的境地。"

但他同时也坚信，德国思想家、哲学家恩格斯所说的"个体对私欲毫无束缚的无穷追求，会将'自己成为自己的地狱'"。

所以，你在阅读他的作品时，不光能读到人性在解放与沉沦之间的矛盾关系，更能看到道德与自由的博弈与冲突。安德烈·纪德的作品虽然意味深长，却又像"迷宫"一般令人迷惑。事实上，诺贝尔文学奖的评委们也是结合安德烈·纪德真实的人生，花了20多年的时间，才读懂他的。

纪德曾对他的好友说过："假如我不写作，我就会自杀。"所以，在故事中找寻"自我"、用文字书写"自我"，成为贯串他生活始终的一种救赎。摆脱传统道德的束缚，自由地"做自己"，在任何时代，都不是一件容易的事。可安德烈·纪德却做到了。

按理说，出生于法国巴黎一个富裕家庭的纪德，本该一生喜乐无忧。可他却为何满怀忧伤地说"我的青春一片黑暗，我憎恨家庭！那是封闭的窝，关闭的门户"？

这就要从其原生家庭说起了。纪德的父亲——保尔年轻有为，是巴黎法学院的教授。母亲朱莉叶是十分富有的名门望族，拥有庄园、豪宅和财帛。纪德11岁那年，性格温和、博学多识、富有启迪精神的父亲去世了，他便跟随古板、严苛、坚守"禁欲思想"的母亲过起了旅居生活。

在这段时间中，纪德虽然没有接受系统性的教育，但朱莉叶对他的教育却一点也没放松。在七八年的时光里，纪德通过大量阅读，增长了见识、提升了思维。可回顾这段时光，他却痛苦不堪。因为母亲是崇尚道德的基督教徒，在禁欲思想和顺从欲望之间，安德烈·纪德感到极度压抑，甚至不敢表达自己的思想。也就是从那个时期开始，他开始通过写作来内观自己，寻求"解脱"。其人生格言是："体现尽可能多的人性。"

随着所处地点的变化，纪德的关注对象也从"小我"扩大到了"大我"。作为跨越两个世纪的作家，他见证了战争与经济危机带给法国乃至全人类的满目疮痍；也看到了人民思想僵化、极端个人崇拜，对普罗大众思想的影响。所以，他不再拘泥于只做一个借助文字来探索自我的"个人主义者"，而是通过关注全人类的幸福，成为更具社会责任感的"精神导师"。

纪德曾说："我认为真诚之所以重要，正因为事关大多数人，和我本人的信仰。在我的心中，最重要的东西是人类的命运、人类的文化。"

纪德致力于"真实"，哪怕"真实"面目可憎。《窄门》作为其颇具代表性的作品之一，亦"真实"地引入了纪德的生活经验和人生态度。

Day 2.
只有穿过"窄门"的人，才能最终走向幸福

从杰罗姆俯身去亲吻满脸泪痕的阿莉莎开始，阿莉莎便成了杰罗姆此生的"信仰"。

那是杰罗姆父亲去世两年后的一个下午，14岁的他突发奇想地跑到舅舅家，探望表姐阿莉莎。阿莉莎的房间在三楼，杰罗姆刚打算往楼上冲，就被女仆慌慌张张地拦住了："别上楼，杰罗姆先生！别上楼，太太正犯病呢！"女仆口中的"太太"，也就是杰罗姆的舅妈露希尔。

每当这时，阿莉莎都会闭门不出，或是陪慌作一团的父亲谈心，或是一个人跪在床头，瑟瑟发抖地祝祷。想到这儿，杰罗姆对露希尔复杂而模糊的感情，一下子就转化为纯粹的恨。于是，他便不顾女仆的阻拦，径直跑上了三楼。

面对露希尔，杰罗姆总是会产生一种又爱慕又恐惧的感情骚动。因为露希尔总喜欢穿着开得很低的薄薄衬衫，袒胸露背地坐着。可当她拿起小镜子，用赤裸的手臂搂住杰罗姆的脖子，并将手探进杰罗姆的衣服里乱摸时，恶心和害怕便袭上了杰罗姆的心头。

对一个不谙世事、内心纯洁无瑕的女孩来说，最残酷的莫

过于让她对母亲出轨的行为做出评价。即便绝口不提，心里也早已蒙上了一层阴影。

现实中阿莉莎的原型，安德烈·纪德的妻子玛德莱娜就是如此。当她意外发现母亲出轨的秘密后，内心便陷入了无穷无尽的痛苦之中。这份痛苦是安德烈·纪德一辈子也无法帮她去消除的。

于是，安德烈·纪德创造出了"与玛德莱娜重叠在一起的理想化形象"——阿莉莎。而这也恰恰验证了法国作家克洛德·马丹的那句话："对纪德来说，创造小说人物形象不过是对在他自己身上同时存在的，有时甚至是相互矛盾的众多存在的释放。"

杰罗姆吻过阿莉莎后，便单方面决定"要放弃自己的生活目标，用一生来保护阿莉莎免遭恐惧、邪恶和生活的侵害了"。

然而杰罗姆从没问过阿莉莎真正想要什么，只是一厢情愿地陶醉在为阿莉莎而活的感动中。露希尔与人私奔后，杰罗姆对阿莉莎的爱恋就更浓烈了。特别是在教堂里，听完沃蒂埃牧师的布道后，杰罗姆就更坚信自己有朝一日能与阿莉莎携手并进了。沃蒂埃牧师说："你们尽力从这窄门进来吧，因为宽门和宽路通向地狱，进去的人很多；然而，窄门和窄路，却通向永生，只有少数人才找得到。"

在杰罗姆看来，"窄门"的尽头，代表着"苦行"的尽头、"悲伤"的尽头，而穿过了"窄门"，就可以得到内心渴望已久的快乐。所以，在他与阿莉莎真正走向幸福之前，杰罗姆必须强迫自己学会"克制"和"约束"。

可是，在所谓的"幸福"面前，阿莉莎却与杰罗姆的认知截然不同。她告诉杰罗姆："我们每个人都应当单独到达上帝那里，我总有一天会离开你的，所以你要变得坚强、独立起来！"因为在她看来，只有虔诚苦修，远离世俗的爱欲，才能通往天堂的"窄门"，才能真正意义上拥有幸福。

杰罗姆辩驳不过阿莉莎，在真正获得幸福之前，他只能暂且依据阿莉莎的思想来选择自己的精神道路。只不过，杰罗姆的母亲是等不到儿子获得幸福的那一天了。随着心脏病发作的次数日渐频繁，杰罗姆母亲的生命也走向了终结。

母亲去世后不久，就是复活节了。往年这个时候，杰罗姆都会和母亲一起到勒阿弗尔的姨妈家去度假。今年，他却只能一个人独自前往。杰罗姆的姨妈是个和善的女人，她总是想为杰罗姆做些什么，却总是因为自己太过热情，而妨碍到杰罗姆。

这年暑假，姨妈借口帮阿莉莎料理家务，带着杰罗姆和杰罗姆母亲生前的女伴——阿斯布尔顿小姐，入住到了杰罗姆舅舅在芬格斯玛尔的庄园。之所以会有这样的安排，一是因为杰罗姆的母亲去世后，他再一个人住进舅舅家，可能会引人闲话；二是为了帮杰罗姆和阿莉莎制造机会相处，好让他们能早日把婚事订下来。

可对于姨妈这样的安排，杰罗姆和阿莉莎却感到极为不自在。特别是看到姨妈更偏爱阿莉莎的妹妹朱莉叶后，杰罗姆对姨妈的感情更是由感激变成了反感。其实，杰罗姆自己也明白，比起阿莉莎的不苟言笑，朱莉叶的热情四溢、活泼开朗，确实更讨人喜欢。可喜欢一个人哪有什么理由？

后来，姨妈因为儿子生病而离开了芬格斯玛尔。杰罗姆正犹豫自己该不该继续留在这里时，杰罗姆的舅舅便张口给他吃了一粒定心丸："我那可怜的姐姐，又想出什么花样儿，多么自然的事情也被她搞复杂了。你为什么要离开我们呢？你不是差不多已经成了我的孩子了吗？"

都说女婿就是半个儿子，那一刻，杰罗姆才知道，原来他的舅舅早就知道了他与阿莉莎的事，也早就默许了他与阿莉莎的关系。都说能得到长辈祝福的爱情注定是幸福的。杰罗姆的母亲已经去世，舅舅作为阿莉莎的父亲，对他们这段感情的默许就变得尤为珍贵。

Day 3.

语言是化解误会的良药，却远没有拥抱来得有效

姨妈离开后，杰罗姆觉得自在了许多。他每天在快乐中入眠，又被快乐声唤醒，无论对狂热的爱情，还是对未来都充满着期待。朱莉叶看在眼里，并自愿充当杰罗姆和阿莉莎之间的"信使"，不厌其烦地听杰罗姆讲述他与阿莉莎的爱情故事。

杰罗姆很喜欢跟朱莉叶聊自己的想法，一是因为他对阿莉莎爱得太深，所以很多话不敢当面和她说；二是源于他与朱莉叶相谈甚欢。每天早上，杰罗姆都会趁阿莉莎还没有睡醒时，和朱莉叶一同去花园里赏花。他们一边看清晨的云海，一边聊彼此对爱情、对人生的看法。

心理学家阿德勒认为，当一个人和另一个人在一起感觉到无拘无束时，这种感觉就是爱。令人戏谑的是，杰罗姆在朱莉叶面前，就是这般无拘无束。即便连阿莉莎也认为，朱莉叶才是他最终的选择，杰罗姆也坚持心如磐石，不可转也。为了向阿莉莎证明自己的决心，杰罗姆鼓起勇气，向阿莉莎提出了订婚。然而，阿莉莎拒绝了。

"咱们现在这样不是也很幸福吗？"阿莉莎定睛看着杰罗姆，并从他的眼底看出了不安和怀疑。可阿莉莎和杰罗姆一样，缺少开诚布公、面对面交谈的勇气，所以她承诺会给杰罗姆写信解释后，便轻轻推开了杰罗姆。长久以来，杰罗姆在阿莉莎的身上，都没有找到一丝一毫她爱自己的痕迹。

回到巴黎后的第二天，杰罗姆果然收到了阿莉莎的来信。信中，她虽然大胆承认了自己对杰罗姆的爱意，却还是拒绝了杰罗姆的求婚。因为她觉得自己年龄太大，担心日后会失去杰罗姆的欢心，建议他涉世稍深一些再谈结婚的事。

杰罗姆读完信后心乱如麻，一时没了主意，便把信拿给了阿贝尔，让这个与一些女人有过交往的"过来人"给自己出出主意。

阿贝尔是个可爱又有点懒散的男孩，杰罗姆很喜欢和他聊自己和阿莉莎的爱情故事。一年未见，阿贝尔已经提前入伍服兵役了。看过信后，阿贝尔建议杰罗姆最好不要回信，而是直接去找阿莉莎面谈。这个建议很聪明，静态的文字，需要读的人自己去揣摩它背后的意思，一旦阿莉莎理解的意思和杰罗姆想表达的意思背道而驰，甚至在信里吵起来，那他们之间，很可能就真的结束了。

杰罗姆觉得可行，于是星期日一早，他们就一起去了芬格斯玛尔。去之前，阿贝尔再三嘱咐杰罗姆，和她好好谈。不论阿莉莎说什么，都一定不能耍小孩子脾气。

推开舅舅家花园的栅栏门，跑出来迎接杰罗姆的并非阿莉莎，而是朱莉叶。比起朱莉叶的兴高采烈，阿莉莎的眸子里甚至没有出现一丝一毫的波澜。吃过饭后，朱莉叶把杰罗姆拉到了花园。她告诉杰罗姆，有人和她求婚了。求婚者是没有文化、长得又很丑的葡萄园主爱德华。虽然杰罗姆的舅舅以朱莉叶年龄太小为由，回绝了这门亲事，但爱德华却并没有打算放弃，反而愿意等朱莉叶几年。

朱莉叶说得滔滔不绝，杰罗姆满腹心事，从口袋里拿出阿莉莎的信，让朱莉叶读后，给自己出出主意。朱莉叶读完信后，并没有说出什么所以然，反倒很生气地跑走了。

杰罗姆见朱莉叶指望不上，便只能硬着头皮独自去找阿莉莎了。没想到阿莉莎对他说的第一句话就是："你为什么要曲解我的话呢？当时说得很清楚呀，现在看来，愁苦和困难，果然都是胡思乱想出来的。我跟你说得明明白白，咱们这样很幸福，你要改变，我拒绝了，你又何必大惊小怪呢？"

长期以来，杰罗姆对阿莉莎是否爱自己这件事都不是很有把握。因为过于深爱，所以杰罗姆总是患得患失，一会儿感受不到阿莉莎爱自己，一会儿又担心阿莉莎误会自己对她用情不深。

阿莉莎看出了杰罗姆心底的担忧，她抱了抱杰罗姆，并摆出一副大姐姐的样子打趣道："答应我，从今往后，再也不要这样胡思乱想了。"杰罗姆点点头。那一刻，所有的担心与忧虑，都在阿莉莎轻柔的拥抱中消散一空了。

告别了阿莉莎后，杰罗姆和阿贝尔一起踏上了返回巴黎的路程。

一路上，阿贝尔喋喋不休地表达着对朱莉叶的好感和爱意，他显得异常兴奋。三言两语间，更是勾勒出了他们两对新人在教堂举办婚礼的画面。杰罗姆虽然觉得阿贝尔这如潮水般的爱意来得过于猛烈，却也没有怀疑朱莉叶真的会爱上他。因为在杰罗姆的心里，阿贝尔本来就魅力四射。

Day 4.

感动虽然不是爱，却能产生爱

爱情真的很容易让一个人变得顺从和卑微。

在巴黎求学的每个周日，杰罗姆都会给阿莉莎写一封很长很长的信。信中，他既会事无巨细地记录这一周的见闻，又会毫无保留地表达对阿莉莎的思念和爱意。可阿莉莎每次的回复，总是那么不咸不淡，仿佛蒙着一层纱布，不让杰罗姆看出她内心的真实所想。

杰罗姆每次读完回信，都会非常不安。这样的爱弄得他精疲力竭，可他为什么还要坚持呢？他究竟爱阿莉莎什么呢？

对此，皮埃尔·巴勒普在《纪德传》中的一段评价，恰好可以套用在杰罗姆的身上："因为爱上了表姐玛德莱娜，纪德便完完全全坠进了虚无的现实中。为了超越自己，为了真正诞生在这个世上，纪德把一生献给了一个自己主观臆造出来的，与表姐其人重叠在一起的理想化了的形象（阿莉莎），他不是想从玛德莱娜那里得到庇护，而是要献出他的爱。"

诚如现实中安德烈·纪德对玛德莱娜的感情一样，杰罗姆爱上的"阿莉莎"，其实并不是一个真实的人，而是他臆想出来的，在主观上投射了自我意识的虚幻爱人。可杰罗姆自己却对此缺乏自知，陷在"情感"与"认知"的失衡状态下，幻想着要为阿莉莎献出所有的爱意。

时光飞逝，在思念中苦熬的情侣，终于熬到了见面的日子。

12月底，杰罗姆和阿贝尔按照计划动身去了芬格斯玛尔。去见阿莉莎之前，杰罗姆先去探望了姨妈。姨妈见到杰罗姆后，还是一如既往地直率、亲热。听闻他和阿莉莎的婚事还没有定下来，她便再次聊到了自己的担忧，并答应找阿莉莎问清楚到底为何要拒绝杰罗姆。

原来，阿莉莎之所以不肯和杰罗姆订婚，是因为她不想在妹妹朱莉叶之前结婚。而且，她作为长女，也不愿意抛下父亲不管。于是，吃过午饭后，杰罗姆便兴高采烈地去找了阿贝尔。听杰罗姆说完阿莉莎心中的顾虑，阿贝尔不觉也跟着欣喜若狂了起来。可没想到的是，朱莉叶确实已心有所属，但她想嫁的却另有其人。

天黑后，杰罗姆回到了姨妈家。迎接他的却是阿莉莎要杰罗姆娶朱莉叶的消息，在极度慌乱中，杰罗姆再一次找到了阿贝尔，想要他帮忙分析一下其中缘由。没想到，阿贝尔见到杰罗姆的第一句话，竟是："笨蛋！其实，她爱的是你，笨蛋！你就不能早点儿告诉我？"

"你说什么？"杰罗姆难以置信地看着阿贝尔。根据阿贝尔的分析，阿莉莎无意中发现朱莉叶喜欢杰罗姆后，便打定主意要成全朱莉叶，牺牲掉自己。因为朱莉叶因爱成疾、病入膏肓，阿莉莎实在不忍心看妹妹受苦。

杰罗姆听后有些慌乱又有些愤怒。他不知道朱莉叶是什么时候爱上自己的，也不知道阿莉莎为什么可以说让就让。杰罗姆不爱朱莉叶，更不打算娶朱莉叶。回到巴黎后，杰罗姆和阿莉莎通信时总是充满了"火气"。

僵持了几个月后，阿莉莎的态度终于软了下来。因为朱莉叶马上就要结婚了。病重期间，爱德华一天又一天的探望和嘘寒问暖，令朱莉叶倍感温暖。所以，朱莉叶决定病好后就嫁给爱德华。人通常不会因感动而爱上一个人，可有些时候，爱情却是从感动开始的。

朱莉叶嫁给爱德华后，阿莉莎对杰罗姆的态度也日渐热情了起来。杰罗姆一方面想赶快结束服兵役，然后冲到阿莉莎身边，亲热地抱住她，另一方面又害怕与阿莉莎重逢。因为杰罗姆害怕，一切不过是他的一场梦。阿莉莎见到他后，还是会像以前一样对他若即若离。

可信件沟通总不能持续一辈子，深爱彼此的恋人，总要有见面的那一天。

Day 5.

爱一个人爱得越深，就会越小心翼翼

"等待回信"是一件让人心动的事。从"寄信"到"等待回信"，再到"收到信"，每一个节点都会让爱意更浓，让思念更深。

杰罗姆在等待阿莉莎的来信时，也是如此地期待与喜悦。信中，阿莉莎不光会鼓励杰罗姆别软弱、要坚强，还会分享自己、朱莉叶、父亲以及弟弟罗贝尔的生活状态。其中，提到最多的仍然是朱莉叶，并且在字里行间都渗透着自己对朱莉叶未能嫁给杰罗姆的"不满"。

事实上，爱德华对音乐和书籍没什么兴趣。所以，朱莉叶嫁给爱德华后，就放弃了钢琴和阅读。起初，朱莉叶也是很伤心的，但很快就找到了新的生活目标。她不仅对爱德华的生意产生了兴趣，还为爱德华生下了孩子。

虽然朱莉叶与阿莉莎见面后，还是会忍不住地关心杰罗姆与阿莉莎的感情状态，但那不过是出于从小到大的习惯罢了。只不过，说者无意，听者有心，阿莉莎每次听到朱莉叶提起杰罗姆，再看到秃顶、健壮的爱德华时，就会说服自己相信，朱莉叶的婚姻不甚圆满。

在阿莉莎的潜意识里，一直存在着一种无可名状的"牺牲意识"。因为这种"牺牲意识"，所以她压抑自己对杰罗姆的感情，甚至不惜强迫杰罗姆娶朱莉叶。

她在日记中写道："我清楚地知道，如果她的幸福与我的牺牲无关，如果她无须我做出牺牲，便能得到幸福，我反倒会因为一种可怕的私心、没有得到满足而生她的气。"

显然，在阿莉莎的心中，通往幸福的"窄门"，是建立在放弃自己的欲望和世俗所爱的基础上的。可杰罗姆有什么错呢？他为什么也要被阿莉莎逼着压抑自己的情感呢？在阿莉莎的心中，帮杰罗姆顺利进入"窄门"，从上帝那里获得永世的幸福，远比他们在平凡的生活中相守到老更重要。所以，当杰罗姆服完兵役，兴冲冲地回到芬格斯玛尔与阿莉莎团聚时，她才一点儿也没有表现出重逢的喜悦，甚至在杰罗姆重新回到巴黎后，写信提出了分手。

阿莉莎在信中写道："我们有多少话要讲，可是见了面，为什么这样别扭？有种做作的感觉，为什么这样目瞪口呆，讲不出话来呢？我爱你有多深，可又多么绝望！我深深地感到，我们的全部通信无非是一个幻影，我们每个人，不过是在给自己写信。所以，杰罗姆，我们还是永远分开吧！"

杰罗姆读过信后，心里非常难过。他开始检讨自己，并提出要和阿莉莎面对面地聊一次。然而，杰罗姆与阿莉莎的再次见面，却是在阿斯布尔顿小姐的葬礼上。阿斯布尔顿小姐生前除了与杰罗姆的母亲交好，没有什么朋友。杰罗姆几次想和阿莉莎说话，也几次感受到了阿莉莎向他投来的深情目光，可话到嘴边，杰罗姆还是咽了回去。因为他害怕自己说错话，更害怕彻底失去阿莉莎。

陷在爱里的杰罗姆实在是太痛苦了。他感觉自己就像风筝一般，阿莉莎拉一拉，就要回来，放一放，他就必须远走。可即便是这样，杰罗姆也没有意识到这样的感情对他来说是一种消耗。因为阿莉莎对杰罗姆而言，与其说是爱人，不如说是家人、是信仰、是他在这世上唯一的依靠。

临别时，阿莉莎突然对杰罗姆说："就这么定了，复活节前什么也不谈。到了复活节那天，我等你再谈我们的事！"然后，她便头也不回地离开了。自从上次阿莉莎提出分手后，杰罗姆虽然极力挽回，却还是感受到了阿莉莎对自己的疏远。

Day 6.

如果爱你注定是一场悲剧，我仍愿为你赴汤蹈火

看过张爱玲对胡兰成是如何卑微到尘埃里的，应该也就不难理解杰罗姆对阿莉莎舍弃自尊的"仰望"了。

4月底，阿莉莎如约回到了芬格斯玛尔。在花园的最里面，阿莉莎一边刺绣，一边静静地等着杰罗姆走向她。杰罗姆远远地望着阿莉莎，心潮澎湃。本想悄悄地走近阿莉莎，没想到刚走了一步，就被她察觉到了。

"杰罗姆！"阿莉莎扔掉手上的刺绣，两手分别搭在杰罗姆的双肩，含情脉脉地凝视着他。那一刻，杰罗姆仿佛在阿莉莎的脸上又重新看到了她童年时的笑容。

"听我说，阿莉莎，我有12天假期，只要你不高兴，我一天也不多留。现在我们定下一个暗号，表示次日我应该离开这里。而且到了次日，我说走就走，不责怪谁，也不发怨言，你同意吗？"

这一次再见面，听到杰罗姆这么说，阿莉莎觉得自己之前所做的一切成功了。为了验证自己是否真的能"操控"杰罗姆，她在晚饭时，对杰罗姆做出了暗示。阿莉莎说，如果晚饭时，她没有戴上杰罗姆最喜欢的紫水晶十字架，那就意味着杰

166

罗姆要离开了。

起初几天，阿莉莎的青春焕发、热情洋溢，给了杰罗姆很大的信心。于是，杰罗姆便大胆了起来，并忍不住说："阿莉莎，朱莉叶现在已经幸福美满了，你就不能让我们俩也……"话还没有说完，阿莉莎的脸瞬间就失去了血色。阿莉莎是虔诚的基督教徒，在她的心中，没有什么比"宗教信仰"更值得她付出一切了。

为了避免杰罗姆影响她对信仰、对上帝的虔诚，阿莉莎只能选择远离。所以当晚用餐时，阿莉莎摘掉了紫水晶十字架。可这次分别，却又一次激起了阿莉莎想说服杰罗姆的决心。于是她写信给杰罗姆，试图再次劝说杰罗姆要奋力走上更高的"美德之路"，并声称，只有这样他们才能真正地融合。

阿莉莎写道："杰罗姆，幸福不能让我们满足，它也不应该让我们满足。从现在开始爱上帝吧，圣洁不是一种选择，而是一种天职。你能明白我是多么爱你吗？一生一世我都将是你的。"

读过信后，杰罗姆忽然有些自责。可渐渐地，杰罗姆便察觉到了异样。因为几个月后的再次会面，阿莉莎并没有表现出信里所写的那般热情。更令人寒心的是，杰罗姆即便就在阿莉莎身边，也感觉不到她对自己一丝一毫的关心。杰罗姆非常沮丧，他试图与阿莉莎沟通。可换来的却是阿莉莎的"规劝"。他想说服阿莉莎拥抱眼前的快乐，可她总是以忙碌为由，不给他任何争辩的机会。

离开阿莉莎后，杰罗姆接受推荐，去了法国在雅典设立的学院进修。直到三年后舅舅去世，杰罗姆才再次回到了芬格斯玛尔。原本，他并不打算再见阿莉莎。可来到花园围墙下，听到阿莉莎呼唤他的名字时，杰罗姆还是忍不住再次激动了起来。

这次见面，杰罗姆发现阿莉莎又瘦弱又苍白，阿莉莎俯身依偎着杰罗姆，从胸口掏出了紫水晶十字架，递到了杰罗姆的手上，并用一种交代后事的姿态，平心静气地说："你喜爱的十字架，留给你的女儿。将来有一天，你的女儿戴上它，算是对我的纪念。你给她起名字的时候，或许也可以用我这个名字。"

说罢，阿莉莎哽咽道："可怜可怜我们吧，我的朋友！不要毁了我们的爱情。"

没等阿莉莎说完，杰罗姆便一把搂住了阿莉莎，并怒道："阿莉莎！我能娶谁呢？你明明知道我爱的只能是你！你既然这样爱我，为什么要一直拒绝我呢？你瞧！我先是等朱莉叶结了婚，而后又等到了舅舅去世，现在就只剩我们两个人了，你为什么还要拒绝我呢？"

阿莉莎注视着杰罗姆，眼神里似有难以描摹的爱意。她张开双臂，本想将杰罗姆抱得更紧一些，可思虑了片刻后，便无视杰罗姆的悲恸欲绝，狠狠地推开了他。推开杰罗姆后的第三天，阿莉莎也离开了芬格斯玛尔。如果不是院长传来阿莉莎的噩耗，大概永远也不会有人知道，阿莉莎最后的时光，是在疗养院与光秃秃的四壁为伴。

这个情节的设定，灵感来源于安娜·夏克勒顿之死。安娜·夏克勒顿是现实生活中安德烈·纪德母亲的女伴，也是《窄门》中阿斯布尔顿小姐的原型，更是安德烈·纪德心中的第二位母亲。

1984年5月，安娜·夏克勒顿在卫生院接受完肿瘤手术后不久，就去世了。因为走得太突然，离世前除了光秃秃的四壁，目之所及都是陌生的面孔。安德烈·纪德得知噩耗后，心情非常沉重。想象着安娜·夏克勒顿离别时孤独忧伤的情态，仿佛除了上帝，一切都抛弃了这个灵魂。基于这种感悟，安德烈·纪德将其放在了《窄门》的情节中，并以此隐喻阿莉莎"光秃得惨不忍睹"的一生。

这是阿莉莎的悲剧，更是杰罗姆的悲剧。

Day 7.
真正的作家，永远只为他的内心而创作

　　纪德的母亲是一个崇尚道德的基督教徒，她和《窄门》中的阿莉莎一样坚守"禁欲思想"。在母亲的影响下，纪德虽然抗拒，却也被动地接受了上帝。那段时间，《圣经》成了他的宗教启蒙老师。

　　为了随时可以学习《圣经》，纪德口袋里总是揣着一本，在电车上也好，在学校时也罢，即便会被别人以异样的眼光看待，他也会满脸通红地向上帝祈祷。为了体验《圣经》中讲到的"苦行"，达到"快乐"的境地，他更是让自己睡在地板上，或钻进冰冷的水中背诵《圣经》。

　　《圣经》对安德烈·纪德影响很大，它像天使一般曾给他带来过快乐，也像魔鬼一般让他掉入过烦恼与焦虑汇聚的深渊。

　　书中认为，通往地狱的门是宽大的，而通往天国的门则是窄小的。为了能获得永生，人类只能克制情欲。阿莉莎的"窄门情结"就是如此，因而她不断地克制自己，拒绝接受杰罗姆。然而，这样的牺牲真的值得吗？当阿莉莎推开所有人，独自在疗养院郁郁而终时，她终于挣扎着发出绝望的呼喊："我真的心甘情愿做出牺牲吗？"

而这样的"呼喊"，也同样是纪德内心的呼喊。所以他才会通过小说试图去寻找答案。亦如人物在人生道路上的探索，以及在欲望与信仰之间的挣扎，纪德的作用就是"使人不断地思考"。

虽然原生家庭的影响让纪德想本能地逃离，却也给了他探索自我的动力。

《窄门》中，阿莉莎与杰罗姆"爱而不得"的克制与拉扯，和现实生活中安德烈·纪德与妻子玛德莱娜无法实现的"爱与欲"一样。虽然迎娶玛德莱娜是一种违背母亲意愿、冲破束缚的自由之举，但纪德的"自由"却并不彻底，以至于无法在玛德莱娜身上找到"爱与欲"的平衡。

所以，对纪德而言，在自传性小说的创作中，融入自己的经历和思想，并不是为了"艺术家"的虚名，而是为了呼吁人类释放天性、冲破道德的束缚、用忠于内心的肺腑之言，为全人类换取重生的机会。

法国的"自传文学"起源于卢梭的《忏悔录》，从19世纪到20世纪，结合自己的生活，进行文学创作的作家不胜枚举。"自传文学"的兴起，为安德烈·纪德的自传性写作提供了先天的"厚土"，哲学家们的观念与思想，则成了他的"养分"。

叔本华强调"意志和表象的相互作用"，认为"世界运转的根本原因在于人的想象和欲望"。所以，他不提倡"禁欲"，反而建议大家达到"无欲无为"的境界，从而实现自救。可这样的境界实现起来并不容易，也无法让纪德获得真正的解脱。恰逢这时，他与尼采相遇了。尼采作为存在主义的代表，否定道德，认为"上帝的存在否定了人的意义"。

除了叔本华与尼采，陀思妥耶夫斯基对纪德的影响也很深。他是一个对上帝持怀疑态度的人，一方面强调自由，另一方面又觉得过度自由，可能会引起恐慌。以此为启发，纪德在文学创作中也不忘探索"人与上帝""人与他人""人与自我"的关系。

基于此，纪德的自传性小说，才会集趣味性与哲理性于一身，动人心弦。

究竟会不会有一种爱情，即便毫无希望，也会让人一辈子将它深藏在心中？究竟有没有一种信仰，即便感受到了压迫，也还是会逼迫自己束缚真实的欲望？

读完《窄门》，你将真正释怀。届时你会发现，当你不再束缚自己，人生从此广阔而自由。

《给青年的十二封信》

在一切外物中见到内在宇宙

朱光潜

　　《给青年的十二封信》最先刊登于上海的《一般》杂志，从1926年的第三期开始连载，引起很大的反响，后来结集成了单行本。

　　虽说是写给青年，但这些信函的话题纵横人生百态与大千世相，小朋友能看到趣味，大朋友能生出省思，不同人能读出自己的味道来，"横看成岭侧成峰"，所以经久不衰。但如果要问，读这本书具体能带来什么趣味、什么省思，除了实际去读以外，还要查阅朱光潜先生的简介与《一般》杂志的往事，看看他们的私人历史又与这些书信有着怎样的互文。

扫码收听本书音频

MAI JIA
READING
WITH YOU

Day 1.

这十二封给青年的信，送给迷茫时期的你

1897年9月19日，朱光潜生于今安徽枞阳县，15岁中学毕业后，他回乡做了半年小学老师。1919年发表了白话作品《无言之美》《福鲁德的隐意识说与心理分析》。

1923年，朱光潜大学毕业，经高觉敷介绍，结识了吴淞中国公学校长张东荪，去中学部教英文，兼任校刊《旬刊》的主编。朱光潜与春晖中学的夏丏尊在校刊上你来我往、惺惺相惜。1925年朱光潜前往英国爱丁堡大学留学之后在法国斯特拉斯堡大学获得了哲学博士学位。

作为中国美学界的宗师泰斗，朱光潜足称著作等身，不仅编著了《悲剧心理学》《诗论》《西方美学史》等名作，也翻译了《歌德谈话录》、柏拉图的《文艺对话集》等西方经典。

这些为"青年"所写的书信，是朱光潜留学期间，应夏丏尊的约稿连载于《一般》杂志的，单行本的前期准备与发售也得到了夏丏尊的倾情相助。除了朱光潜，像郑振铎、丰子恺等著名作家、艺术家、科学家也都为之撰稿。

杂志自称是"公开的、超然的、民众化的出版物"，宗旨是"对于各种主义，都用平心比较研究，给一般人作指导，救

济思想界混沌的现状"。朱光潜在这样的刊物上大受好评，想必是因达到了这样的境界。

在选材上，这12封信和附录既有美学、心理、哲学的前沿思潮，也从古籍原典探索宇宙奥妙，既关心青年人的心灵修养、恋爱健康，也会用冷静客观的笔触针砭时弊以供自省。为保结构与内容完整，我们将以主题为索引，有机整合全书内容，合理地调整重构，也将保留朱先生晓畅的风格。

Day 2.
读书，是改变一个人最好的方式

通过《谈读书》《谈升学与选课》与附录里的《谈学问》这三篇书信，我们可模拟一个人成长的内在逻辑和外在轨迹，一起思考上学与升学、功课与学问之间的关系，也追问何为阅读、为何阅读、如何终身阅读这几个问题。

在人生诸多大小事中，朱光潜选用"读书"这一话题打头阵，用心精妙。他认为人们应该做终身阅读者，即使离开课堂，也要抽时间读一读书，积少成多。这是决心问题，也是习惯问题。

朱光潜把读书看作是一种正当嗜好，不是因为它听起来高雅、可供炫耀，而是因为它在满足人天生就有的好奇心与求知欲的同时，能帮助我们追上时代的迅猛发展，让人时刻保持敏锐。另一方面，读书有助于识人处世、独立思考。

那我们该如何读书呢？对学生来说，课内精挑细选的名家名篇自然重要，因为它们千锤百炼、历久弥新，但更应在课外探索自己的天性。朱光潜自己爱用的是"两遍阅读法"，值得读的书他都要读两遍。

第一遍是快读，重在感受与把握全篇主旨与特色，获得一种统摄性的印象；第二遍再来慢读、精读，要带着评论与批判意识去衡量内容，在精彩的地方做笔记、提意见，与作者对话，不仅帮助记忆重点，也刺激思考，不至于读过且过。

那我们又该读什么书呢？读书决不可赶时髦、贪热门，如同吃药，没有什么万灵药书单，只有适合才是王道。

朱光潜提出了一些选书的原则：虽然讲义大纲之类的阐释、改编、概括能节约时间、快速获取信息，但原书原典更为重要，要与作家作品面对面，亲自玩味文字之妙与思想之力。家长为孩子选书时，也要综合考虑，有所侧重，在十五六岁以前应更重视想象力的培养，不要扼杀孩子的创造天分，要呵护他们的灵性，之后则要注意培养学理与理论之类的抽象理解与表达。虽然朱光潜一再强调读书没有万灵药书单，追逐热门毫无意义，但本篇中他还是提到了不少爱读书目，都是古今中外的经典。

阅读与做人永远密不可分。朱光潜认为："学问"应当拆开来理解，"学是学习，问是追问"，各行各业都有自己的学问，不限于读书，"这是任何人对于任何事理，由不知求知，由不能求能的一套功夫"，无所不包。狭义的"学问"指的是学校功课与案头研究，而就学生时代来说，最重要的是选校与选科。朱光潜在几十年前所观察到的怪现状，仍是对今日现实的辛辣映照——

人们将学历看得比生活阅历更宝贵，学校牌子大到足以压倒真才实学的地步，现在对世界排名与外国学历的迷信与狂热仍不停息。在乱象之中，朱光潜给青年的建议很精练：要看这所学校里有没有诚恳和爱的空气。选专业与选课也要诚恳地听从内心的热爱，不必盲从社会需求，优先考虑个人的禀赋兴趣，因为任何专业都能学以致用。

他说，人生第一桩事是生活，是感受与领略生机本身，如果忘记自己、忘却生活，一味地机械迎合，学问事业在人生中便失去了真正的意义与价值。朱光潜还指出，教育的两大功用就是启发兴趣与指点门径，应该鼓励大家多学习先贤、前辈的成果，这并非为了顶礼膜拜，而是观察人们如何思考，问题何以发展成为问题，也少走弯路，同时也应鼓励创造，死板地灌输知识只会在求知路上徒增阻碍。

对课堂内外的所有人来说，学问都不应当是仅仅为了获得功名利禄的手段，它是训练思想的良方，也是修养道德的途径。

"一个真正有学问的人必定知识丰富、思想锐敏、洞达事理，处任何环境，知道把握纲要、分析条理、解决困难。"

如果个人在自己的学问上有浓厚的兴趣与精深的造诣，将会发现万事万物自有道理、自成宇宙，妙不可言，也会发现自己的心包罗万象、澄明通达。个人如此，由个体组成的社会也可以小见大："一个人到了只顾衣食饱暖而对于真善美漫不感觉兴趣时，他就只能算是一种'行尸走肉'，一个民族到了只顾体肤需要而不珍视精神生活的价值时，它也就必定逐渐没落了。"

Day 3.

无用之用，才是人生的大智慧

在《谈作文》与附录里的《谈读书》《谈学问》这三篇书信中，朱光潜先生与我们聊写作的作用，如何写作，以及文学之于人的意义。

人们往往以为作家都是不费劲的天才，实则不然。天赋尚且重要，但成文离不开苦功，天资与人力二者都不可偏废，好文章需要天生才思，更需要刻苦推敲。

"推敲"的典故，从唐人作诗而来。苦吟派诗人贾岛写《题李凝幽居》时，在"僧敲月下门"与"僧推月下门"之间举棋不定。有一则野史趣谈，说当时他思考得太入神，竟撞上了韩愈的仪仗队，身居高位的韩愈非但没有责怪，听了贾岛的诗后，反而帮着琢磨。最后，两人决定改"推"为"敲"：一是寻访朋友却随随便便推门而入，不合情理，也太没礼貌；二是"推"字太静默太遥远，而"敲"字让整首诗动起来、响起来了，抓住了静中之动，就生出了意境。这就是朱光潜提倡的"炼字"之妙。

说到"炼字"，就有了画面，如炼剑一般，放在烈火中用心血精肉百般打磨。普普通通的一个字嵌入句中，放对了，就突然有了无比的力量，仿佛点石成金。这近似我们常说的"玩梗"，要看如何玩，才能聪明、恰当、漂亮，让大家会心一笑。

朱光潜举了苏东坡的例子，他有一首《惠山烹小龙团》，里头有两句诗是这样的："独携天上小团月，来试人间第二泉。"乍听好像语句不通，但细品则其味无穷：天上是一团圆月，用清泉水烹煮的茶叶叫作"小龙团"，明月映入水中，团团绵绵的滋味，一会儿在天上，一会儿在杯中，喝的是茶也是月。

苏轼打破常规，把真切的感受巧妙地写了出来，让语言跟着感受走，而没有使用约定俗成的比喻，这也是韩愈所说的"陈言务去"。不肯偷懒使用俗滥的语言，自然呈现的就不是俗滥的思想与情感，克服模仿的惯性，就是创作的意义所在。

作文就如其他艺术一样，最精微奥妙的东西往往只可意会不可言传。但对习作者仍然有两条可以参考的路径："临帖"加"写生"。"临帖"指的是多读书，熟读成诵，领会笔法与意境，内化于心，而后执笔为文。

值得一提的是，朱光潜写这封信的时候，新文学运动对经与古诗文的攻讦已然影响广泛，新文学家不爱旧书，但他强调文学只有好坏，并无新旧。

"写生"则是字面意思，例如福楼拜指点莫泊桑写作时，就要他认真摹写100张不同的面孔。朱光潜倡导要像艺术家一

180

样观察生活，发现日常生活中的非常之处，多多速写，大小片段、场景、细节都可以成为练习的素材，记日记就是一种很好的训练。

托尔斯泰的儿子在《回想录》里写到了父亲修改《安娜·卡列尼娜》的经历，小说即将见报时，托尔斯泰亲自校对每张底页，读着读着就开始删删改改，把底稿修改得面目全非。他的太太能看懂他的笔记与符号，就终夜不眠地为他誊写，第二天托尔斯泰要邮寄清洁的底稿，想着再看一遍，结果又是一顿删改，边改还边向太太道歉。

生于希腊、长于英法、后随太太入籍日本的小泉八云是近代史上有名的日本通，也是现代怪谈文学的鼻祖，为西方介绍了许多东亚文化，以文章写得漂亮著名。

他很恳切地说，自己选定题之后不着急细想，怕总是对着一个题目，想得厌倦，而是去整理笔记，也不必齐齐整整梳理好层次再下笔。

而是先写最得意、最令自己激动的部分，写好搁置，做一些适意的工作，培养陌生感，也让潜意识发酵，第二天再回来阅读修改，在誊抄的过程中就有了新的文思，于是就接着写，再放、再改、再誊抄，如是四五遍后，全篇的意思就各归其所，风格也比较妥帖了。

这并不是要求人人都得如此写作，写作本就是私人的事，方法自然也是私人定制，只是这两位作家恰好传达了朱光潜对

"艺术讲良心"的执着——自己都不满意、不爱读的东西，何必拿出来呢？

不论如何写，一大原则就是：有话必说，无话不说，要心口如一，不能说谎逢迎。此处的说谎，不仅仅暗讽欺世盗名之徒，也提醒人们考察自己内心的限度，并增其广度。

宇宙间一切现象可以归纳到四大范畴之中：情、理、事、态。"情"指喜怒哀乐之类主观的感动，"理"是思想在事物中所推求出来的条理秩序，"事"包含一切人物的动作，"态"指人物的形状。所以不论是言情还是说理，叙事还是绘态，都能互通。通到何处去？通向世界真实的面貌，也通向作者内心真实的景观。抓住某一时刻的新鲜景象与兴趣，而给以永恒的表现，这就是文艺。

"文以载道""诗言志"，求的就是文艺的"道"与作者的"志"融为一体。写作者对人生世相都有独到的观感，当它与特定的表现形式融合无间，就成为具有生命力的和谐整体，这就是我们说的作品。

文学渐渐地从口头变为书面，一方面自然是种进步，好文章能原汁原味地流传，不同读者也可以留下自己的注疏，汇集成一种古往今来的对话流动。

可另一方面，这也让文学有了门槛，成为特殊阶级的专利品，本来是我们每个人共享的精神文化，却渐渐与我们疏远，以至于狭窄化、形式化、僵硬化。但创造是我们每个人的天赋，只要我们记得书写、愿意书写，与这股蛮力对抗，文化领域就不再是越来越窄的俱乐部文化，文学也不会沦为谁的私有品。

或许有人要摇头了：文学无用，不能当饭吃，不能当钱花，写了干吗？

不必急着辩驳，且看手中这只茶壶。它不仅可以泡茶，更是赏心悦目的工艺品，再仔细一看，似乎茶壶真正发挥功能的、为人所使用的、能使其被称为茶壶的部分，并非材料制造的物质性存在，而是中间的那一片虚空。这就是无用与有用的辩证。

Day 4.

找到自己的节奏，过喜欢的生活

写作是每个人的天赋与权利，但发愁时不一定要写书。读一读小说诗歌、看一部悲剧电影、大声唱歌、约上朋友喝茶逛街、独坐山林赏月、打扫房间、整理书桌、外出运动，只要流动起来、全身心地打开来，都能快意顺畅。孟子的"尽性"两字透彻，要发现自己的本心、知晓自己的天性，则能反省修养，知其然、知其所以然，而朱光潜认为这就是生活的目的，也是生活的方法。

东晋名将陶侃平定战乱屡获大功，被封了一个文官，实则有些暗贬的意味，但他觉得不能这样滋养闲愁，人会懒散，就每天清晨把100块砖从斋堂里搬到外头，晚上又搬回去，让身体时刻处在有准备的状态。如果不是保持了身心康健，后来王朝危难之际，他也无法出来主持战局。

当然，在今天的语境里讲到搬砖，多少有些调侃的意味，但这里朱光潜想表达的是：白白地忧愁不改变世界，不改变人心与外物，只是一种内耗，并不值得，不如找到自己的流动节奏，投入地生活，拥有健康自由的身心。

心的修养包括智育、德育、美育，相当于知、情、意这三种心理机能；而身的修养则是我们常说的体育。身心是不可割裂的。体育教育在学校里往往被轻视，因为不如文化课影响升学，常被视作无用，进而导致了设备与专业人才的缺乏。

首先，身体不健康，人的聪明才智也难以高效能地发挥。其次，羸弱的身体会牵动心绪，身上没有力气，便会悲观、消极、暮气沉沉。最后，德行的亏缺也能归结于此，人要降低对自己的要求、要作恶是很容易的，几乎没有门槛，然而抵抗堕落的惯性是很难的，当缺乏这股身心的力量约束自己、放纵私欲，自然德行不佳。

朱光潜认为，要培养一个身心健康的人，从孩子还未出生开始，就该保护孕产妇的心理、营养、职场机会、经济资助等相应的各个领域权益，而孩子生下来了，也不应当揠苗助长，要顺应天性，培养正气的人格，而人渐渐长大，也要懂得节制欲望，因为最好的养生莫过于心境宽和冲淡。

健康的核心是自然地生活，劳作作为一种原始的运动是值得提倡的。但是今时不同往日，随着现代化进程，社会分工结构也不同，人们需要额外辟出时间来运动。

"人生乐趣一半得之于活动，也有一半得之于感受"，感受是被动的，是容许自然界事物感动我的感官和心灵。在生活中寻出趣味就是"领略"，作为感受的一部分，这一半源于天资，一半靠修养。当人的心太忙，就空不出心界来交给感受，则为不灵。

而这种心界的空灵就是"静"，这并非物界的沉寂，因为外物永远喧腾变化、永不沉寂，但心境越发空灵澄净，就越能在物界的沉寂与喧闹之间找到和谐点。静也不等于闲，不必放下一切生活中的事情去寻找静。它是偶得的，是百忙之中的灵光一闪，是一种发现的热情、是一种灵与物的交会。

生命在于运动，可休息对生命力也相当关键。自然界有自己的节奏，呼吸、张弛、起伏，寒来暑往、昼夜更替、按农时耕种，正如《易经》所言，生命就是变化，并没有一个状态能永恒维持。

吃苦耐劳是我们的美德，但时刻拉满的弓弦也迟早会崩裂，要在张弛之间寻到一个度。

朱光潜认为人们常常说不做而做着并没有歇，说做却并没有做出什么名堂来，以至于事情没做好，休息也没休息好，事情就耽误了。只讲工作而不讲效率，只谴责"躺平"不引导人们有效休息，往往容易事倍功半。很多时候表面在休息，实际上潜意识中仍在成形、进步，比如习字需要停顿，要有时间让肌肉记忆在潜意识中酝酿技巧。

《佛说四十二章经》中，沙门请教佛祖开始如何学道，佛祖说："心若调适，道可得矣。于道若暴，暴即身疲；其身若疲，意即生恼，意若生恼，行即退矣。"

程朱诸子也主张优游涵泳，有生趣，才有生机，才有能力改变环境而非被环境改变，正如诸葛亮所说的宁静致远。而《圣经》中的创世也分了七天进行，不是上帝没有能力，是他有张有弛，每天都觉得自己做得很好，感受着内在的神圣，对比但丁描写地狱酷刑也时常提到"无间断"，仿佛一切就不言而喻了。

Day 5.

慢下来，才能与生活之美相遇

在《谈情与理》《谈在卢佛尔宫所得的一个感想》和附录的《无言之美》三篇中，朱光潜先生用充满画面感与幻梦的语言，分析情与理、艺术与人生、无言之美。

张东荪在《东方杂志》上发表了两篇文章，讨论人的兽性问题，并提出要理智救国。之后在《一般》杂志，也就是朱光潜的信件连载的杂志上，学者李石岑与杜亚泉又展开了论战：生活到底该受理智还是情感支配？

张东荪与杜亚泉都为理智的绝对地位辩护，李石岑则受尼采影响质疑理性。朱光潜则认为，张、杜等人的言论并没有分清楚规范与事实，而是离开事实，凭着理想去确定规范。在他看来，规范是从科学上来说的，指的是一种应然，应该如何，也就是人的意志的法则；事实则是一种实然，实际如何，受自然法则的支配。

规范和事实不同，也就是说，"应该如何"与"实际如何"并不一定相似，但律法、社会研究、教育等都是从事实之中得出规范的。

朱光潜认为，现代哲学与心理学都否定了这一点。在现代哲学家看来，宇宙生命、社会生命、个体生命，都只有目的，而没有先见。在政治思潮上，据此也演化出了两个相反的结论。英国保守派政治哲学认为，理智是不能左右社会生命的，我们应当让一切现行的制度自己变好，人力改革是不需要的。而法国工团主义有人认为，我们应该打破已经足够坏的现行制度，即使没有理智去产生改良建设的办法，也不会有比现在更坏的制度发展出来了。

再来看心理学的两大反对理智主义的倾向。第一个是享乐主义转向动原主义。英国法学家、伦理学家边沁的享乐主义在18、19世纪非常流行。享乐主义者认为，快感和痛感是行为的动机，行为是为了追求快感、避免痛感，而当我们心中预存了做什么会有快感、做什么会有痛感的权衡计算，才有了相应的实际行动。行为是这种计算衡量的理智的产品，而其运行标准则是感觉的"快"或"痛"。之后，这种学说被威廉·麦独孤批评为颠倒因果。

麦独孤在《社会心理学》一书中指出，快感、痛感是结果而非动机，行为顺利则有快感，行为受阻就有痛感；本能与情绪才是行为的原动力，人在动作发生前，没有运用理智去预期。

第二个反理智主义的倾向就是弗洛伊德派的潜意识论。打个比方，心是大海，意识是浮出水面的冰山，而藏在海面之下的就是潜意识。理智本身也是感情的变相，即使升华，大半也是潜意识作用，情的成分大于理。

回过头看理性与情感谁来支配生活这个问题，生活并非假定的那样尽善尽美，事实上理性是不可能支配生活的。理智是有限的，如果离开了情感，艺术对我们而言就变得无意义，自然也就没有了神奇，爱不存在，男女结合只为生殖。

如果生活只有精明计算，那么慈悲之举、侠烈之士就再无可能。如果全信理智，生活也将无趣，道德也将沦为下品，因为纯任理智的人宣扬的道德是"问理的道德"，迫于外力，而非被衷情所激发的"问心的道德"。譬如中国人讲"孝"，并不是仅为报答父母养育之恩，一物换一物的叫报酬，是生意，而真正提倡的"孝"必须有发源于心中的爱。

问理的道德必不可少，但却在问心的道德之下。理胜于情的生活与文化都不是最理想的。我们不但要能够知道，更要学会感受。

说到感受生活，朱光潜想起他在卢浮宫看《蒙娜丽莎》时的感想："凡是第一流美术作品都能使人在微尘中见出大千，在刹那中见出终古。"这种无言之美不是纯粹的沉默，而是蕴藉地传神，正如谚语所说，"金刚怒目，不如菩萨低眉"，"怒目"是流露，"低眉"是含蓄，人们看到低头闭目的神像，往往更受震撼，更有感受与思量的余地。

绝妙的艺术往往很像老子的"道"，不可名，留一大部分让欣赏者自行领会，那些在脑内心中酝生的美感往往比刻意的流露更深刻真切。可为什么说得越少，引起的美感反而越深刻？无言之美为何有这么大的力量？因为文艺创作能建造理想界，诱人想象，从而生出美的感召，让自己与旁人快乐起来。它能帮助人们"超现实"并在理想界求得安慰。

此处的超现实，指的是超脱现实。当人力可以做到的时候，我们可以征服现实界，而当人力不可为时，就要暂时超脱现实获得心灵的补给。

正当朱光潜对着《蒙娜丽莎》喟叹遐想、游心于和谐静穆的意境时，一群美国游客蜂拥而来，例行惊奇、例行赞美，又蜂拥而去，蒙娜丽莎仍是微笑不语，不知在想什么。

当"效率"成为第一要义，湘绣便让位给机器织锦，大教堂与古寺庙便被钢铁房屋代替，因为人的心血不能这样慢慢用了，来不及，很少有人愿意像湘绣的闺女与大教堂的建筑师一样一针一线、一砖一瓦地做事了，总想着要快速适用，很少能见到有着伟大的人格与气魄的事业了。

朱光潜反复强调，我们在估量事物"价值"的时候，一定要着重去看"人的成分"，如果是由努力得来的，是高尚理想与伟大人格的表现，就算结果失败，也绝不可磨灭它的价值。

Day 6.
在自己身上看到价值，你才会开始欣赏自己

书中《谈中学生与社会运动》《谈十字街头》《谈多元宇宙》等文章，则意在针砭时弊。

人生是多方面的。当一个方面发展到极致，如此丰富，就会产生自己的特殊宇宙，有了特殊的价值标准。所以我们不能拿甲宇宙中的标准去衡量乙宇宙的价值，非但有失公道，还会让乙宇宙的特性被倾轧，丧失独特性。这就是朱光潜所说的"多元宇宙"，它并非指平行宇宙，而是重在强调价值的多元和事物的一体多面性。每个人的禀赋与经验都不同，见到的宇宙与面向自然也不一样。

先说道德宇宙，因人与人的接触而产生，价值标准是善恶。法律规定了不能互相伤害的底线，而道德的存在使人愿意利他，于是有了礼法信条、公序良俗。遵循则为善，破坏则为恶。但在科学宇宙中，真伪比善恶更占主导，只看是否符合事实，比如1+1是否等于2，比如地心引力是否存在，而不会问算术是否合乎道德。

再来看美术的宇宙。在这里，美丑才是价值。自希腊以来，学者们对于美术有三种主流见解。一派认为，美术有道德

教训的义务，用以陶冶性情；一派认为美术仅供人享乐；还有一派站在中间。现代的学者们提出了"为美术而美术"，因为美和善并不能混为一谈。

道德是意志上的，而美术是一种直觉得来的意象。美术是"超道德"的，它的使命是创造一种超脱于现实的意境。

到了恋爱的宇宙，标准就不是美丑了，而是考虑爱是否真纯。不是为了生殖繁衍，也不是为了名利色欲，恋爱不是机械的，是至高无上的神圣，是天地无穷的奥秘。

"在恋爱的状态中，两人脉搏的一起一落，两人心灵的一往一复，都恰能忻合无间。"真正的恋爱人，是为恋爱而恋爱，而不考虑出身、财产、名望、皮囊，因为恋爱以外，不复有其他宇宙，而在恋爱宇宙中能表现最伟大的人格。但在朱光潜眼中，真正的恋爱人古往今来凤毛麟角，更多的是假借恋爱之名，实现种种别的欲求。

但即使是最真纯的恋爱人、最梦幻的理想主义者，当面对充满欲望的现实与现世，人又该如何自持？朱光潜指向了十字街头。这一比喻受到了文学评论家厨川白村的《出了象牙之塔》和《走向十字街头》的启发。所谓走向十字街头，第一层意义是指青年要多与现实生活接触，一味地清高只会空疏虚伪，第二层则是希望学术走出课堂，肩负起社会性使命，因为"学术思想是天下公物，须得流布人间，以求雅俗共赏"。

在十字街头，最大的权威是风俗，分为两种，一是传说，二是时尚。不论是偏信旧道德，还是只听新文化，都是盲从。往往有人不愿盲从，便被斥为异己。人本顽劣，远未到老庄境界，故而需要法律与道德，以风俗来维持社会稳定安宁。但这不是唯一目的，社会需要不断翻新，不破不立。

社会往往需要这样的"基因突变"才能长大。打冒牌的学者与社会运动家在叫嚣，引人附和盲从，但十字街头的青年不能彷徨。要打碎市场偶像不仅靠呐喊，更要用冷静的态度去观察世相、用深沉的思考去规划方略、用坚强的意志克服阻碍。朱光潜援引了教育家蔡元培的话："读书不忘救国，救国不忘读书。"二者不可偏废。

教育是为了不让一代又一代的理想青年变为抛弃理想的堕落者，所以学生与学者更不该把自己看作特殊阶级，摆出拯救者的架子，先要厘清自己的过失，多照镜子，修正前行。

朱光潜的这一想法今天仍不过时，同时他提出，看清世界的形势、觉悟与决心，作为现代的中国人，至少要有几个基本认识。首先，是对时代的认识。不论竞争还是互助，都需要本领。其次，是不可全盘欧化，要兼收并蓄、取长补短。

国际局势诡谲、世界动荡，青年人所处的地位何如呢？朱光潜提出了两个重要的前提。

第一，国家如果没有出路，个人也不会有，要谋个人的出路，必须先谋国家的出路，个人命运与国运是密不可分的；第二，如果个人在社会中无法成为有力的分子，那么不仅个人没有出路，国家也不会有出路。

　　个人该如何做呢？要有德、有学、有才。而德行、学问、才具，无论哪一样，都要有觉悟与艰苦的努力才能修炼而成。"现在要抬高国家民族的地位，我们每个人必须培养健全的身体、优良的品格、高深的学术和熟练的技能，把自己造成社会中一个有力的分子。"

　　这是朱光潜在近百年前的观察，也是他在当时面对内忧外患所得出的有力结论，同时也是他作为师长对当年那些青年人的期待。这些百年前的讽喻、观察、笑骂放在今天仍不过时。

Day 7.
遗憾是一种艺术，也是生活的常态

在《谈摆脱》《谈人生与我》和附录的《谈交友》中，朱光潜先生为我们介绍了黑格尔对悲剧的研究。

黑格尔研究悲剧，尤其推崇古希腊剧作家索福克勒斯的《安提戈涅》。主人公安提戈涅的哥哥因为争王位，借了敌国的军队攻击了祖国忒拜。战死后，忒拜的新国王下令，如果有人胆敢收葬这个卖国贼，就是死路一条。但安提戈涅就把哥哥的尸骨收葬了，可是她又和新国王的儿子订了婚，她被绞死后，她的未婚夫站出来攻击了自己的父亲，而后自杀。

按照黑格尔的理解，悲剧是两种理想的冲突，如《安提戈涅》中，做国王的与做父亲的职责相冲突，做国民的与做妹妹的职责相冲突，做儿子的与做未婚夫的职责相冲突。种种冲突构成了悲剧。人生也是理想的冲突场。但舞台上的悲剧生于冲突能解决，而人生中的悲剧多生于冲突无法解决。

譬如朱光潜的一个老同学爱慕一个女孩儿，但是家里不让，每每就给朱光潜写信诉苦。朱光潜说，你既然爱她，那就奋不顾身爱她便是，同学就说难以背离家庭。朱光潜回复曰，事情既然无法两全，就早些疏远那个女孩儿吧，同学又犹犹豫豫，不知如何是好，只有成天叫苦。

人们的痛苦往往不是因为看不见选择，而是摆脱不开。

既然认定一个目标，就专心致志地向那里走，不去想"如果怎样就好了"，也不肖想什么都得到，如是可以免除烦恼。

怎样算摆脱得了呢?

释迦牟尼做太子的时候，拥有一切却领悟了人生幻象，功名爱恨转头空，于是遁入深山，坐在菩提树下冥思人的解脱之法。挣开一般人摆脱不了的生活欲望的，还有苏格拉底、耶稣、屈原、文天祥，他们都为了保持人格从容赴死。

还有富家小姐卓文君，为了爱情去当炉卖酒，也是知道了自己要什么，然后能潇洒地摆脱一切。

斯蒂文森说文章之术在于知遗漏，甚至遗漏是一种艺术，生活也如是。朱光潜幼时，有一位国文老师给他写了这样的寄语："长枪短戟，用各不同，但精其一，已足致胜。汝才有偏向，姑发展其所长，不必广心博骛也。"

朱光潜有两种看待人生的方法。一种是把自己摆在台前，和世界上的一切人、物共同玩耍，活在同一个舞台上。还有一种，是把自己摆在后台，袖手旁观，"看旁人在那儿装腔作势"。

朱光潜这样说："我不在生活以外别求生活方法，不在生活以外别求生活目的。世间少我一个，多我一个，或者我时而幸运，时而受灾祸侵逼，我以为这都无伤天地之和。在变幻无常的世相中，以生活本身为目的，这样生活。"

当我们站在后台生活，把人与物一律看待，在匠人盖屋与鸟儿筑巢中都能获得趣味。我们会品其本性，分析自己的感受，而不是急着用高下框定。得闲的时候，把这一类小事件从回忆中召唤玩味，或许比抽烟饮茶更有滋味。

当我们张开眼看这一个个多元宇宙，摆脱分别心，摆脱对成败的功利定见，动中取静，读读书、写写作、走走路、看看风景，去感受灵光一闪，多交一些净友，在磨合中获得滋养，从与人交往之中学习一切、宽容一切然后去见识世界的缺陷，也从中看到庄严与光彩。

世界的完美在于它有缺陷，不完满才有可能性，才有想象与希望的余地。

"我无论站在前台或站在后台时，对于失败、对于罪孽、对于殃咎，都是一副冷眼看待，都是用一个热心惊赞。"

从美学上来说，欣赏与创造非但不是那么孤立，反而难舍难分。这个道理放在生活中依然适用。这不仅仅是生活的美学，也是生活的本来面目，更应成为生活的方法。这是我们一起读书这件事的本真所求。

所谓学问之道，在于为人处世的修养。这并非陈腐套用，不是企图空泛地上升到人生宇宙大完满的和谐大道理，因为一本书不可能指点人们如何过完真实而漫长的一生。

读书能做的，就是激发种种反应，让人在一切外物中见到内在宇宙，进而窥得心、性、命的实相。

《人鼠之间》

"梦想破灭"的悲惨故事

[美] 约翰·斯坦贝克

美国著名作家约翰·斯坦贝克在其代表作《人鼠之间》中，讲述了一个"梦想破灭"的悲惨故事。

20世纪30年代，美国正处于经济大萧条时期，大批农民失去了自己的土地，不得不背井离乡、四处流浪，通过打短工艰难度日。斯坦贝克曾跟随一群来自俄克拉何马州的农民流浪到西部加州，沿途所见所闻使他大为震动，最终促使他写下了《人鼠之间》。

《人鼠之间》书名出自英国诗人彭斯的《写给小鼠》："人也罢，鼠也罢，最如意的安排不也难免意外，只剩下痛苦和悲伤，代替了快乐的希望。"

Day 1.

金钱至上的社会，小人物如何实现梦想

    小说中的故事发生在1937年，主人公是两个一贫如洗的流动农民——莱尼和乔治。他们没有亲人，相依为命，流浪到异乡的农场，梦想着通过努力工作能够攒钱买一块属于自己的土地，养几只兔子，过上不用看人脸色的生活。然而，命运却跟他们开了一个巨大的玩笑。眼看着梦想即将实现，莱尼意外犯下错误，他的好奇心和蛮力使他误杀了农场主的儿媳，不得不接受惩罚。而乔治也不得不孤立无援地面对残酷的现实。

    小说不仅艺术地展现了田园牧歌式的农庄生活和残酷的社会现实之间的矛盾和冲突，更反映了人对生存条件的真切感受，它所包含的悲剧内涵和哲学意蕴使之升华为一篇代表普遍经验的现代寓言。凭借《人鼠之间》，约翰·斯坦贝克于1962年荣获诺贝尔文学奖。

    《人鼠之间》的主要人物只有两个，时间跨度只有三天，篇幅也极短，但情节的设计却极富戏剧性。

    故事的开头，是一幅辽阔而静谧的自然风光图。一条蜿蜒的河流绕过金黄色的山丘，河谷边树木茂盛，不时有小动物出没。树木丛中有一条人为踩出的小径，附近农场的人们可以沿

着这条小径到达潭水边。

夏日的傍晚，小说的主人公——乔治和莱尼在野外跋涉了6公里后，终于到达这里。他们都穿着工装裤和工装外套，戴着已经变形的黑帽子，肩上扛着紧紧捆着的毛毯卷。两人一前一后地走着，走在前面的是乔治，他身材矮小，步伐敏捷；走在后面的是莱尼，他身材魁梧，脚步沉重。

看到清澈的潭水，莱尼扔下毛毯卷就扑到了潭水边，将整个脸都埋进水里，大口大口地喝了起来。乔治则显得沉稳许多，他卸下毛毯卷，在水边跪下，用手捧起潭水喝了几口，又用水洗了洗脸和脖子，才在河岸上坐了下来。莱尼学着乔治的动作，洗完脸坐在了乔治身边。

两人原本在北边的农场干活，莱尼闯了祸，于是他们从那个农场跑了出来，又去农场工人介绍处那里领了新的工卡和公交车票，打算南下到另一座农场打工。

在距离农场还有一段路程时，他们被公交车司机赶下了车，司机说只需要走一会儿就能到农场了。然而他们在烈日下沿着公路走了超过6公里，都还没看到农场的影子。走到这里，乔治再也忍不住了，生气地抱怨起了公交司机。不过，这些莱尼都不记得了。他只记得兔子和乔治说过的话。尽管很生气，乔治还是耐心地将他们来到此地的原委给莱尼讲了一遍。然而，在发现莱尼将一只死老鼠藏在衣服口袋里后，乔治彻底愤怒了。他命令莱尼交出死老鼠，然后一把扔进了水潭对面的树丛里。

乔治反复叮嘱莱尼，第二天见到农场老板时不许说话，因为如果老板知道莱尼是个"疯子"，就会将他们赶出农场，而如果老板能先看到莱尼干活的样子，就会允许他们留下。两人躺在河边的沙滩上，对未来充满了希望。

　　乔治让莱尼去弄点柳树枝来生火，好热豆子罐头做晚饭。莱尼起身消失在了树丛里。不一会儿，莱尼又从树丛里冲了出来。但乔治识破了他的把戏，逼着他将刚刚捡回来的死老鼠又交了出来。莱尼十分不情愿，他不明白，这只老鼠并不是自己杀死的，而是路边捡来的，而且他只是摸一摸老鼠，为什么乔治就是不允许呢？乔治说，现在这只老鼠已经开始腐烂了，如果他再捡一只刚死没多久的，就可以留一阵子。

　　事实上，大个子莱尼因为力气太大，即使是活的老鼠也会很快就被他弄死，尽管他并不是故意的。眼看着乔治把那只死老鼠再次扔到更远的树丛里，莱尼更加沮丧了。乔治再次催促莱尼去树丛里捡柴火，等他捡来一堆枯枝和树叶后，乔治生起火，将铺盖卷里的三罐豆子拿出来放在火堆附近。

　　看到豆子罐头，莱尼说，自己喜欢在豆子上浇番茄酱。当他第二次说时，乔治爆发了，怒气冲冲地指责莱尼，从番茄酱说到他爱四处摸摸的坏习惯。乔治说，如果只有他一个人，他一定比现在活得轻松，随便找个地方干活，月底领了工资去城里，想买什么就买什么，甚至可以去妓院过夜。可是，有了莱尼之后，他们就不得不总是东躲西藏，因为莱尼总是闯祸。

　　发泄完怒火，乔治看着莱尼痛苦的样子，又羞愧起来。乔治一次一次地为莱尼收拾烂摊子，也依然和莱尼一起梦想理想中的美好生活。好像有莱尼才有希望。

莱尼又一次要求乔治讲述他们的那个梦想，关于兔子的梦想。尽管已经讲述了无数遍，乔治早已不耐烦，但在莱尼的恳求下，他再次开口了。

他们希望有一天能够存够钱，可以买一小块属于自己的地，盖上一座小房子，养猪、养牛、养兔子。这样，他们就可以靠种自己的地来过日子，而不用再四处流浪。莱尼十分期待这样的日子，因为他喜欢兔子。

豆子罐头很快热好了，乔治一边吃晚饭一边再次提醒莱尼，第二天见到农场老板时不许说话。同时，仿佛有预感一般，乔治让莱尼仔细记住这片位于河边的树林，并和他约定，如果他再像以前一样惹了麻烦，就直接到这里来，躲到树丛里，等乔治来找他。吃完豆子，两人在篝火旁展开铺盖卷，在慢慢熄灭的火光中睡去了。

这是小说的第一章，也是故事的第一天。位于社会底层的乔治和莱尼，既没有固定工作也没有固定的住所，但他们并没有彻底丧失生活的希望。和其他浑浑噩噩地活着的农民不一样，他们结伴而行，有自己的小小梦想，尽管这梦想如此卑微，却也足以支撑起他们的全部信念，心怀憧憬地度过每一天。

Day 2.

细节，暴露一个人的真实人品

上午10点左右，乔治和莱尼到达农场，年迈的清洁工坎迪
将他们领进了工人宿舍。工人宿舍是一座长长的方楼，房间中
间是一张大方桌，上面散乱地摆放着纸牌，桌子四周则是一摞
摞的箱子，用来给工人当椅子用。墙边摆着八张窄窄的床，其
中有五张已经铺好了被褥，表示有人使用。每张床旁边都钉了
一个简陋的苹果箱，用来当作摆放个人物品的储物柜，里面放
满了工人的肥皂、剃须刀、杂志等小物品。屋内还有一座黑色
铁炉，烟囱笔直地从房顶穿出。

在坎迪的示意下，乔治和莱尼将自己带的毛毯卷分别放到
火炉旁边的两张空床上。乔治看到其中一个架子上有杀虫剂，
担心床上有蟑螂和虱子，他开始检查床铺的卫生情况，莱尼也
学着乔治的样子检查自己的床铺。

坎迪在一边说，因为两人没有一大早就赶到农场，错过了
早上的上工时间，老板很生气，还冲管马厩的黑人发了火。但
两人并没有回应他的话。

老板踏进宿舍，走到乔治和莱尼面前，一边问他们要工
卡，一边质问两人为何没有在早上赶到。乔治回答说，由于公

交车司机指错路，导致他们提前下了车，早上又搭不到车，他们只得徒步走了十几公里，所以到晚了。

老板掏出记工册，开始登记两人的姓名，并询问他们之前的工作经历。所有问题都是乔治来回答，这引起了老板的注意。他怀疑乔治在利用莱尼，因为在当时，没有哪个农民工人是和别人结伴而行的，更没有哪个人会为别人如此费心。可见这时期人与人之间毫无信任感可言，大家都习惯独来独往。在这样的人人独善其身的大环境下，乔治和莱尼的相依为命就显得尤为珍贵。

乔治只得谎称，他和莱尼是表兄弟，莱尼小时候被马踢到了脑袋，所以不太聪明，但力气很大，干活是一把好手。老板走后，乔治又一次叮嘱莱尼，不要乱说话，他觉得老板并没有完全相信他的话。两人正谈论着刚才欺骗老板编造的谎言，乔治察觉到有人偷听，他走到门口，发现坎迪拿着扫帚站在门外。

见乔治已经发现了自己，坎迪只得慢吞吞地走进房间，脚边跟着一只眼睛快要瞎了的，走路一瘸一拐的老牧羊犬。乔治担心坎迪会泄露他和莱尼的秘密，便威胁坎迪说"我不喜欢多管闲事的人"。

但坎迪辩解说自己什么都没听见，也不想知道他们在说什么，"在农场工作就得什么也不听，什么也不问"。这是老坎迪的生存法则。

这时，一个身材瘦小、皮肤黝黑的年轻人走进了宿舍。他左手戴着工作手套，还穿着和老板一样的高跟靴。他是农场老板的儿子柯利，来这里找他父亲。得知父亲去了厨房，柯利转身正要离开，发现宿舍里多了两个新工人，于是脚步停了下来。

柯利先是冷冷地看了看乔治，又转向坐在一旁的莱尼，既是打量，又充满了挑衅，并摆出了拳击手准备攻击的姿势。莱尼被他看得坐立不安，开始紧张地晃动身体。

在乔治的帮助下，莱尼才得以顺利应付了柯利的盘问。柯利走后，坎迪提醒乔治，要小心柯利，他是个拳击手，因为自己是小个头，就喜欢找大个头的碴儿，总想找人打架，而且他最近刚结婚，娶了个漂亮的老婆，比结婚前更加狂妄了。

乔治并不担心柯利找莱尼的麻烦，毕竟莱尼可不是好欺负的，要是柯利敢跟莱尼过不去，受伤的肯定不会是莱尼。

不过，坎迪说的也不无道理。像柯利这种小个子，如果打败了大个子，大家就会夸他厉害；而如果他被大个子打败了，那大家就会说大个子欺负小个子，说不定还会合伙来揍大个子。而他正是仗着这样的歪理，才敢四处挑衅、找人打架。

坎迪察觉到了乔治对柯利的厌恶，更起劲地聊起了关于柯利和他新婚老婆的流言蜚语。他告诉乔治说，柯利为了他老婆，在左手上涂满了凡士林，还戴上了手套。而且，柯利的老婆很漂亮，但不是个好女人，她总爱在农场里到处跟人眉来眼去，尤其是对领队的骡夫。

乔治假装对这些流言蜚语没有兴趣，一边玩着纸牌，一边默默地听着，偶尔淡淡地回应两句脏话。他发现这个农场不太好待，柯利极有可能会找莱尼的麻烦。

为了保住他们的工作，乔治不得不再次叮嘱莱尼，不要跟柯利有任何接触，万一惹了麻烦，就躲到河边的树林里去，到时乔治会去找他。可是平静的生活总会因为某些突如其来的原因偏离中心，当他们某一天真正发现，事情已经到了无可转圜的地步。

柯利老婆就是打破他们原行轨道的人。两人抬起头，发现门口站着一个化着浓妆的年轻姑娘，她有着鲜红的嘴唇，涂着红红的指甲，还穿着插着红羽毛的红拖鞋。她说："我找柯利。"乔治立马就明白了，她是柯利的老婆。

得知柯利不在这里，这位姑娘转而注意起了两位新来的工人。但乔治对她充满了戒备与防卫，对她的搭讪也是爱理不理的，而莱尼则彻底被她的美貌所吸引住了，目光完全无法从她身上移开。姑娘一边看似随意地扭着身体，一边狡黠地笑着跟乔治搭话。这时，传来了一阵脚步声，是骡夫斯林姆，姑娘跟斯林姆打了个招呼，就快步走掉了。

莱尼已经完全沉浸了柯利老婆的美貌里，他愣愣地盯着门口，仿佛那个姑娘还在那里。乔治不得不气急败坏地警告他："必须离这个女人远点，因为她是个毒药一般的'婊子'。"莱尼忍不住哭了起来，他不喜欢这里，想离开。可乔治说他们必须赚到钱才能走。

这时，农场的领队骡夫斯林姆出现在门口。他个子高大，和其他人一样穿着工装，一张脸瘦削而棱角分明，让人猜不出他的真实年纪。斯林姆走进房间，友好地看着两个新来的工人，温和地同他们攀谈起来。得知乔治和莱尼是结伴而行，斯林姆也感到很意外，因为在这样一个人人独善其身的社会，还有人愿意与人结伴并照顾他人，这实在是太少见了，"也许在这见鬼的世界上，每个人都觉得别人很可怕"。

一个强壮有力的名叫卡尔森的男人走了进来，见乔治和莱尼坐在宿舍里，简单地打过招呼后，他问起了斯林姆的那条母狗。得知那条母狗产了九只小狗崽，卡尔森提议将清洁工坎迪的狗杀了，另外送他一只小狗崽，因为坎迪那只狗太老了，什么也做不了，还臭得要命。还没等斯林姆回答，外面响起了三角铁的敲打声，这是开饭的信号。

斯林姆和卡尔森都去吃饭了。莱尼兴奋地跟乔治说，想问斯林姆要一只棕白花的小狗崽，乔治答应了。两人正要出门去吃饭，柯利气冲冲地跑了过来，他是来找他老婆的。没找到人，他又快步离开了。

这是小说的第二章，也是故事的第二天。对他们而言，梦想距离自己不过几个月工作的距离。

Day 3.
真正聪明的人，活得都很简单

太阳快要下山了，斯林姆和乔治一起走进宿舍，他们刚刚去了谷仓，斯林姆已经答应把一只小狗崽送给莱尼。提起下午莱尼的工作表现，斯林姆十分赞赏，尽管莱尼不聪明，但他非常能干。

就着一盏日光灯，两人在牌桌前坐下了。斯林姆对乔治和莱尼的结伴同行很感兴趣，因为在那个时候那种社会环境下，这几乎是不可能的。加上莱尼的脑子不太聪明，像个"疯子"，而乔治又是这样聪明机敏的人。所以斯林姆说，"挺有意思的"。

乔治不同意斯林姆的说法，在他看来，莱尼只是傻，但并没有疯。他也不觉得自己是聪明人，因为"聪明人就不会为了50元加食宿整天扛麦包"，而是会有一块自己的地，种点属于自己的庄稼。平凡人的梦想往往简单，却能给予他们莫大的幸福感，到现在为止，对乔治和莱尼来说，他们最大的梦想，仍旧是能拥有属于自己的土地，能够自由自在地生活。

斯林姆有一双平静的眼睛，"如神一般无所不知"。在这样的眼睛凝视下，乔治忍不住说起了他和莱尼相识的事。

乔治和莱尼出生在同一个地方，莱尼从出生后就由姨妈抚养，而乔治恰好认识他的姨妈。后来莱尼的姨妈去世了，莱尼就开始跟着乔治四处去干活。起初，乔治总是捉弄莱尼，以此为乐。但莱尼从来不跟乔治生气，尽管他只需要一伸手就能捏碎乔治的骨头，也从来不会跟乔治动手，因为他压根儿不知道乔治在捉弄自己。

有一次，乔治让莱尼跳下河去，但莱尼根本不会游泳。乔治和周围的人把他拉上来后，他还特别感激乔治。后来，乔治就不再捉弄莱尼了。

听了乔治的讲述，斯林姆说莱尼是个好人，因为"当个好人用不着太多头脑。真的聪明的人，往往不是什么好人"。

乔治一边玩儿纸牌，一边跟斯林姆说起了他们在上一个农场的事。那个农场在北边，他们原本在那里工作得好好的，直到有一天，莱尼看到了一个穿红裙子的姑娘。莱尼很喜欢那条红裙子，忍不住想摸摸看。谁知他伸手去摸的时候，那姑娘尖叫了一声。这声尖叫吓到了莱尼，他就一把抓住了裙子不放。于是那姑娘就一直尖叫，莱尼吓坏了，根本不知道该怎么办，就死拽着裙子不放。

直到乔治听到尖叫赶过去，用根篱栅敲了他的脑袋，他这才放手。那姑娘跑掉之后，去了警察局报案，说有人强奸她。农场的人都跑出来找莱尼，乔治只好带着莱尼逃跑了。乔治再次肯定地说，莱尼和其他在农场干活的人不一样，他不会欺负人，只是脑子不好使，一害怕就会紧抓东西不放，而他的力气那么大，很容易就吓到别人。

这时，莱尼走进来，他披着蓝色的外套，走路时深深地弓着身子。乔治问起他的狗崽，他一边回答着，一边走到自己的床边，躺了上去，转身面对着墙，弯起双腿。

乔治发现了不对劲，走过去，从他腹部的衣服下面掏出一只小狗崽，让他尽快把小狗崽送回窝里去，并威胁说如果再把狗崽带出来，就不让他养了。

莱尼抱着小狗崽，小跑着出了门。斯林姆坐在旁边看着这一切，说道："他就跟个小孩似的。"然而，这个心智如同"小孩"的男人却有着惊人的力气。

天已经全黑了。清洁工老坎迪慢慢回到自己的床上，那只老狗跟在他后面。随后进来的是大块头卡尔森，他闻到了空气中异样的味道，低头看见了那只老狗。他要求老坎迪将老狗弄出去，因为它太臭了。坎迪抱歉地说，他已经习惯了老狗，都闻不到它身上的味道。

卡尔森继续说，既然狗已经这么老了，还全身是病，没什么用了，为什么不把它毙掉呢？坎迪有些不安了，他说老狗曾是一条非常优秀的牧羊犬，只是现在老了。卡尔森仍不肯罢休，他提议让斯林姆送坎迪一条小狗崽，而他则可以帮坎迪毙了这只老狗。斯林姆一直冷静地看着坎迪，他也同意卡尔森的话。

老坎迪十分无助，他希望能继续照顾这只陪伴了他很多年的老狗，但房间里其他人不同意。

卡尔森坚持今晚就要做这件事，他拿出了自己的手枪。坎迪得不到他人的帮助，最后不得不让卡尔森带走了老狗。远处传来一声枪响，所有人都看向老坎迪。坎迪没有说话，只是转过身面朝墙壁躺着。此时的坎迪从老狗的身上，也隐约看到自己不久之后的命运：失去价值的老工人，也会被无情地抛弃。

斯林姆离开宿舍，去给骡子修蹄铁。乔治开始和一个名叫惠特的工人玩纸牌，他们聊起了柯利的老婆。在农场工人的嘴里，柯利的老婆是个不安分的姑娘。

惠特邀请乔治明晚一起进城，去老苏西的店里喝一杯，还能在那里找姑娘。乔治说他和莱尼要攒钱，喝一杯可以，但不会找姑娘。这时，莱尼和卡尔森一起走进了宿舍。莱尼爬上床坐下，卡尔森则开始清洁他的手枪。突然，柯利兴奋地冲进来，问谁看见他老婆了。惠特说他老婆不在这儿。

柯利环视了一圈，发现斯林姆不在房间里，就问他去哪儿了。得知斯林姆去了谷仓，柯利一跃而出，朝谷仓跑去了。惠特担心柯利去找斯林姆的麻烦，也跟着出去了。卡尔森擦好枪，决定出去找找柯利的老婆。

房间里只剩下乔治、莱尼和老坎迪。莱尼又要求乔治给他讲讲他们的那块地、那座小房子和养的兔子。乔治耐心细致地讲述着，声音变得温柔起来，莱尼直直地看着他，老坎迪也看着他。

老坎迪忽然开口了，他说他再也不想过现在这样的日子

212

了，他想跟乔治他们合伙，去一个属于自己的地方，给自己干活。而且，老坎迪已经攒了一笔钱，只需要再攒一个月，他们就可以先买下那块地。这一瞬间，三个人都沉默了，他们觉得难以置信，没想到一直以来只存在于幻想中的事就快要变成现实了，只需要再等一个月。

三人约定，这是属于他们的秘密，不能告诉任何人。

很快，斯林姆回来了，身后跟着柯利、卡尔森和惠特。因为自己老婆的事，柯利遭到了斯林姆和卡尔森的攻击。柯利不敢挑衅他们，转而将目光落到了坐在角落的莱尼身上，莱尼正为想象中的农场开心地笑着。这笑容惹怒了柯利，他突然出手攻击莱尼，一拳打中了莱尼的鼻梁。

乔治大叫道："抓住他，莱尼！"莱尼伸出手，一把抓住了柯利的手。不管乔治怎么喊"放开他"，莱尼都只是紧紧地抓住柯利的拳头不放。很快，柯利挣扎的力度减弱了，他开始哭泣。

莱尼突然松开手，柯利一屁股坐到地上，他的手已经被捏碎了。卡尔森带着柯利出门去看医生，莱尼仍蹲在墙边号啕不已。

这是小说的第三章，仍然是故事的第二天。这一夜，乔治和莱尼追逐梦想的路上多了一个伙伴——老坎迪。老坎迪的加入，使得梦想的实现成为可能，尽管莱尼闯了祸，但乔治坚信这不是莱尼的错，他们仍然能在这里安稳地待下去。

Day 4.
残酷的现实使梦想遥不可及

　　故事来到了第三天，是个周六。这天晚上，农场里其他工人都去城里喝酒寻欢。乔治也去了，他将莱尼留在了农场，并叮嘱他不要惹麻烦。除了莱尼，农场里还有清洁工老坎迪和管马厩的卡鲁克斯。

　　卡鲁克斯是个黑人，他一个人住在马具间里。卡鲁克斯的床就搭在这间狭窄拥挤的小木屋里，说是床，其实只是一只装满稻草的箱子，上面铺着毯子。尽管房间很小，但被他打扫得十分干净。

　　卡鲁克斯是个骄傲而孤独的人，他和其他人都保持着距离，所以，当莱尼出现在他的小屋门口时，卡鲁克斯是十分抗拒的。莱尼不懂卡鲁克斯为什么拒绝他进屋，他只是单纯地想到谷仓去看看自己那条小狗崽。

　　卡鲁克斯说，因为自己是黑人，但莱尼不懂。可见卡鲁克斯平时在农场里没少受其他白人工人的欺辱和嘲笑。最后，卡鲁克斯发现莱尼并没有听懂他在说什么，只是冲着他笑。无奈之下，他只好同意让莱尼进屋坐会儿，语气也比之前友善了些。因为他发现，尽管莱尼是个大个子，但似乎和其他白人不一样，他并没有因为自己是黑人就取笑自己，更没有欺负自己。

接着，莱尼用自己特有的前言不搭后语的表达方式，跟卡鲁克斯讲了他和乔治的秘密——他们正在攒钱，好去买块地，养一大群兔子，然后他们就能靠自己的土地生活，而不用四处打零工了。

卡鲁克斯是个孤独的人，他不被农场里的其他工人接受，这一切都只因为他是个黑人。即使他感到愤怒、感到不甘，却也没有任何办法能改变自己的处境。然而，莱尼无法懂得他的孤独，莱尼的心里只有乔治，他早已把乔治当成家人。

卡鲁克斯脑袋里忽然冒出一个恶作剧，他问莱尼："假设乔治不回来了，你怎么办？"莱尼原本在想着他的小狗崽，听到卡鲁克斯的话，立即着急起来，"他不会的"，"他今晚一定会回来"。

卡鲁克斯接着说，也许不是乔治不想回来，而是他不能回来，假设他在路上被人杀死了或者受伤了呢？

莱尼急了，他试图理解卡鲁克斯的话，仿佛乔治真的已经受了伤无法回来。他的脸忧虑得挤成一团，突然又冷静下来，但眼神开始变得疯狂，他不允许任何人伤害乔治，假设也不行。

眼看莱尼用恶狠狠的眼神盯着自己，卡鲁克斯害怕了，他连忙安抚莱尼说："放心坐下，乔治没有受伤。"

这时，老坎迪过来了，他是来找莱尼的。一进屋，他就跟莱尼说起兔子的事。原本卡鲁克斯并不相信"买地养兔子"的事，但当老坎迪说他们的钱已经攒够了的时候，卡鲁克斯也动心了，犹豫了一会儿，卡鲁克斯提议说，如果他们需要免费劳动力，他可以帮忙，虽然自己已经是个残废了，但还能干活，而且不要工钱，只需要提供食宿。

这时，门外来了一个不速之客，是柯利的老婆，她是来找柯利的。得知柯利不在这里，她并没有立即离去，而是饶有兴致地站在门口跟他们聊天，除了莱尼目不转睛地看着她，其他两人都低头避开了她的目光。

卡鲁克斯劝这位姑娘回家去，不要四处瞎混，会惹麻烦。没想到这话惹得她生气起来，她开始抱怨柯利整天在家里炫耀自己的拳击有多厉害，其实呢？不过是个欺软怕硬的家伙。

提到拳击，她想起柯利那只受伤的手，就问三人是怎么回事。坎迪说，是柯利不小心把手卷进机器里了。听了坎迪的话，柯利的老婆笑了起来，她心里很清楚，柯利的手肯定是跟人打架输了才弄伤的，但她并没有兴师问罪的意思，只是好奇那个弄伤柯利的人是谁。

坎迪坚持说是手卷进机器里了。柯利的老婆开始不耐烦起来，嘴里抱怨着这三个流浪汉互相包庇，以为能瞒过自己。她又得意地说，自己本可以去演电影，但现在却不得不站在这儿跟"一个黑鬼、一个白痴、一个臭老头"聊天。这话惹恼了老坎迪，他生气地站起来，一边赶她走一边说自己不是流浪汉，他说："我们有了自己的地，我们有地方可去。"

这话在柯利的老婆听来无异于笑话，来回看着这三个人，似乎没人愿意和她交谈。她又只盯着莱尼看，莱尼被盯得不自然地低下了头，于是柯利的老婆发现了莱尼脸上的瘀青，开口问莱尼是怎么回事。

莱尼回答说，柯利的手卷到机器里去了。柯利的老婆立马就明白了。她想继续跟莱尼搭话，被坎迪和卡鲁克斯拦住了，恼羞成怒的她随即又数落起这两人来。最后，坎迪不得不说自己听到了柯利和其他工人回来的声音，柯利的老婆这才离开。

乔治终于回来了，他来到卡鲁克斯小屋的门口，坎迪和莱尼也站起来走了出去。临走时，卡鲁克斯叫住坎迪，说他之前提过的"免费劳动力"的话只是个玩笑，他不会跟他们一起的。或许他心里明白，身为黑人的他是不可能跟白人共同生活的。

或许，只有卡鲁克斯看清了现实，只有他意识到，乔治他们三人的梦想在残酷的现实面前是多么遥不可及。

这是小说的第四章，故事进入了第三天。

Day 5.
值得交往的人，一定有这种人品

　　周日下午，莱尼独自坐在谷仓里的干草堆上，身边放了一只货箱，面前放着一只死掉的小狗崽。他不过是摸了摸它，并没有使劲晃它啊。莱尼担心，乔治要是知道小狗崽死了，就不会让他照顾兔子了，因为乔治担心他会弄死兔子。莱尼决定把小狗崽藏在干草堆里，这样就不会被乔治发现了。

　　隔了一会儿，莱尼又把小狗崽从干草堆里刨出来，仔细地检查着。他很悲伤，既心疼死去的小狗崽，又害怕乔治不许他照顾兔子。一想到自己最喜欢的兔子，莱尼忍不住生气了，他抓起小狗崽扔到远处，大声叫道："你这个该死的！"

　　又过了一阵，莱尼起身捡回小狗崽，放在干草堆上。他再次摸着小狗崽，安慰自己说，或许乔治并不在乎这只狗崽，他还是会让自己照顾兔子的。

　　莱尼沉浸在悲伤中，完全没有注意到，柯利的老婆正悄无声息地靠近自己。她在莱尼身边跪坐下来，笑着对莱尼说，乔治不让莱尼跟自己说话，是因为他害怕柯利，现在柯利的手被莱尼捏碎了，没什么好怕的了。

　　但莱尼不肯上钩，只是固执地说"我不跟你说话"。

她问莱尼在干草堆里藏了什么，一瞬间，莱尼的哀伤全回来了。他伤心地哭着，拂开了狗崽身上的干草。姑娘安慰莱尼说，不过是一条狗崽，大不了再弄一条。莱尼解释说，他难过是因为乔治会不让他照顾兔子。而且，乔治也不允许自己跟柯利的老婆说话。

听了莱尼的话，柯利的老婆生气了。她不理解，为什么所有人都不跟她说话，她没伤害任何人。接着，她说起了自己的梦想。

在她小的时候，认识了一个剧团的演员，对方说她可以跟着剧团去演出，但她母亲不允许，因为她才15岁。后来，她又遇到一个演电影的，对方夸她是个天生的演员，邀请她去好莱坞演电影，但她也没去成。再后来，她在河畔舞厅认识了柯利，就和他结婚了。她说自己并不喜欢柯利，因为他不是个好人。到如今，她仍没有忘记自己做电影明星的梦，然而也只能是梦了。

柯利的老婆说了很多，但莱尼并没有听进去，他的脑子里只有兔子。她不得不好奇地问莱尼，为什么对兔子这么执着？

莱尼认真思考了一会儿，回答说："我喜欢摸好摸的东西。"任何柔软的东西他都喜欢摸，长毛兔、丝绸、天鹅绒，实在没有东西摸的时候就只好摸老鼠了。只是，每个到他手里的活的小动物，最后都会死去。

柯利的老婆笑了起来，她觉得莱尼像个孩子一般单纯天真。她说，她也喜欢摸柔软的东西，尤其是自己的头发。她甚至拉起莱尼的手，让他摸自己的头发。

莱尼粗大的手摸在柯利老婆的头上，感受到了柔软的触感，真好摸！莱尼摸得更起劲了。可是，柯利老婆生气了，因为莱尼把她的头发弄乱了。她生气地叫莱尼住手，可莱尼根本听不进去。她想避开莱尼的抚摸，莱尼的手指却紧抓着她的头发不放。她开始尖叫起来："放开！"

听到尖叫，莱尼陷入了恐慌，他不知道要怎么办。柯利老婆尖叫得更加厉害，莱尼的脸都扭曲起来，他不由自主地用另一只手捂住了她的口鼻，恳求道："拜托你别叫！乔治会生气的！"

柯利老婆在莱尼手下剧烈地挣扎着，双脚用力踢着干草，扭动着身体想挣脱。莱尼害怕得哭了起来，他担心乔治知道了会责怪他，他就再也不能照顾兔子了。

莱尼把手松开一点儿，柯利老婆的哭喊声仍没有止息。莱尼生气了，他用力摇晃着她的身体，生气地说："不许你再叫了！"并继续用力摇晃她。很快，柯利老婆就一动不动了，因为莱尼扭断了她的脖子。

莱尼想起进入农场前夜乔治的叮嘱，如果闯了祸就躲到农场外河边的树林里，等乔治来找他。于是，他用干草盖住柯利的老婆，把狗崽放入怀里，蹑手蹑脚地绕过谷仓的隔栏，消失在了夕阳里。

不知道过了多久，老坎迪的声音传进来。他一边走一边喊

220

着莱尼，想跟他商量买地之后如何赚钱的事。突然，他看到了躺在地上的柯利老婆，像是睡着了。走近后，坎迪发现了异样。然后，老坎迪转身快步走出了谷仓。

谷仓里变得越来越吵闹。坎迪很快就回来了，身后跟着乔治。一看到地上躺着的人，乔治立马就明白发生了什么事。他沉默了很久，决定告诉其他人，这样就能抓住莱尼，把他关起来，否则任由莱尼一个人在外面，他会饿死的。他希望，其他人只是把莱尼抓回来关起来，而不会虐待他。对此，老坎迪十分反对，因为他知道，柯利一定会对莱尼用刑，他一定想杀死莱尼。

接着，坎迪说出了他最恐惧的事："你跟我还可以去买那块地。是不是？你跟我还可以去那儿继续生活，是不是啊，乔治？"乔治还没有说话，坎迪就已经知道了答案。

一切都结束了，那块地、那座小房子、那个花园、那群兔子。

乔治开始有条不紊地安排坎迪去向大家报信，他要假装自己对这一切并不知情，为了不让别人觉得，是他和莱尼合伙杀了柯利的老婆。随后，乔治离开了谷仓。

很快，热闹的游戏声停止了，取而代之的是奔跑的脚步声和高声的质问。人们冲进谷仓，乔治走在最后。斯林姆稍微检查了一下，确认柯利的老婆已经死亡。柯利愤怒地跳起来，狂叫着要打死莱尼，跑出谷仓回去拿猎枪了。卡尔森也跑回去拿手枪了。

斯林姆问乔治，是否知道莱尼会去哪里，乔治回答说"可能会往南走"。乔治希望他们把莱尼抓回来后只是关起来，因为他不是故意要伤人的。但是柯利一心想杀了莱尼，因为莱尼毁了他一只手。这时，卡尔森跑进来说，他的手枪不见了，他认为是莱尼偷走了。柯利这时也回来了，他冷静地安排每个人，卡尔森去拿卡鲁克斯的猎枪，惠特去找警察，乔治跟着柯利一起去抓莱尼，坎迪留在谷仓。

人群很快散去，谷仓里又安静下来。

这是小说的第五章，故事里的第四天。莱尼逃跑后，坎迪问乔治是否还会去买那块地，乔治没有回答。他们都清楚，从莱尼杀死这个姑娘开始，他们的梦想就彻底破灭了，他们心中勾勒出的未来，顷刻间化为乌有。因为莱尼不只是乔治的伙伴，也是他曾经幻想过的未来中的一部分，必不可少的那一部分。

Day 6.

做自己，才有赢的可能

这是全书的最后一章，也是整个故事的最后一个傍晚。

和三天前他们刚来到此地时一样，这条蜿蜒的河流仍然静静地享受着傍晚的天色，树林静谧而怡人。突然，莱尼悄无声息地出现在树林里，如同潜伏行动的熊。他趴到潭边喝完水，在岸边坐下来，正对着小径的路口，以便能在乔治或其他人出现时就看见他们。

他双手抱着膝盖，静静地坐着，嘴里喃喃自语着："我可没忘，跟你打赌，绝对的。藏在树林里，等乔治。" 他清楚地记得乔治当时对他的叮嘱，他相信乔治一定会来这里找他。此时的莱尼已经被吓坏了，他清楚自己闯了大祸，只是不知道这祸有多严重，会给乔治和自己带来多大的麻烦。他开始担心乔治会生气："乔治会冲我大发脾气……会说他想自己待着，到时他该怎么办呢？"

莱尼转头看向群山山顶，夕阳的光芒正洒在上面："我可以到山上去，找个山洞住。"可是，那样的话，就没有喜欢的番茄酱吃了。一想到没有番茄酱吃，莱尼开始难过起来。

渐渐地，胡思乱想的莱尼开始出现幻觉，一开始是他的姨妈，那个胖乎乎的小矮老太太。姨妈仍是他记忆中的那个样子，戴着圆眼镜，系着大围裙。她用莱尼的声音说话，责备他总是给乔治闯祸，乔治为他付出了很多，可他从来没有为乔治着想。莱尼辩解说，自己已经很努力了。然而姨妈不依不饶，打断他说："要不是因为你，他可以活得很舒服。"

因为要照顾莱尼，乔治从来都不去妓院，也不去酒馆。而莱尼每次都说要离开乔治，但从来没有行动过，仍然一直黏着他、烦着他。姨妈的话让莱尼悲伤起来，他开始觉得自己一直都是乔治的负担，他忍不住喊了出来："我干脆走掉算了。乔治不会再让我照顾兔子了。"

突然，姨妈消失了，一只巨大的兔子从莱尼的脑海里钻了出来。兔子冲莱尼说话，用的仍然是莱尼的声音。兔子责备莱尼根本不可能照顾好兔子，只会让它们挨饿，而且他只会闯祸惹麻烦，乔治竭尽全力想拉他一把，最后却是徒劳一场。兔子对莱尼说，乔治绝对不会让他照顾兔子的，而是要扔下他走人了。

莱尼开始变得狂乱起来，他深信乔治不会抛弃自己，但又害怕真的被乔治抛弃。

突然，乔治从树林里走了出来。看到乔治的身影，莱尼才清醒过来，兔子消失了。莱尼跪在地上，挺直身体，一遍一遍地问乔治是否会离开自己。他深信乔治不会离开他，但仍需要一遍遍确认。

乔治动作僵硬地坐到他身边，轻声地回答说"不会"。

莱尼说："我又干坏事了。"他以为乔治会骂他，像以前那样。

可乔治只是轻轻地说："已经无所谓了。"或许这时，乔治就已经做出了决定。

但莱尼并未发现乔治的异样，他只是奇怪乔治为什么没有发脾气。莱尼再次要求乔治给他讲讲他们，讲那些已经讲过无数遍的话。

晚风再次吹过，树叶沙沙作响。远处传来人们的呼喊声，是那些搜寻莱尼的人，他们已经越来越近了。乔治的声音颤抖起来："把帽子摘下来，莱尼。"

莱尼听话地摘下帽子，他要求乔治再讲讲他们的未来。

微风带来一阵林中嘈杂的脚步声，暮色降临得越来越快。乔治冷静下来，他让莱尼背对自己，面向河的对岸，说："这样我给你讲时，你就几乎能看见那副情景了。"

他一边缓缓地讲述着那块存在于幻想中的地，仿佛那一切就在眼前，一边轻轻地从外套侧兜里掏出卡尔森的手枪。乔治说，他们会买一块地，会养一头牛，可能还会养猪和鸡，还会种一片苜蓿，给兔子吃。听到兔子，莱尼开心地笑了起来，他很快就能照顾兔子了。这时，树林里传来一阵急速接近的脚步声。

莱尼仍沉浸在对那块地的幻想中，他希望他们很快就能去到那里。终于，乔治下定了决心，他轻轻地对莱尼说："我从来没生过你的气，现在也一样。我想让你知道这一点。"随着树林里脚步声的逼近，乔治将枪口凑到莱尼的后脑勺上。

一声枪响，乔治扣动了扳机，枪声在群山间回荡。莱尼的身体猛地一震，然后慢慢向前倒在了沙滩上，再也不动了。乔治浑身颤抖着，用力把枪远远地扔到了对岸。

树林里传来惊叫和奔跑的声音，很快，斯林姆的声音传过来，他们边喊着乔治的名字，边跑进空地。柯利跑在最前面，他直接过去检查莱尼的尸体了。斯林姆直接走近乔治，紧挨着他坐下。他说："别放在心上，有时候一个人别无选择。"似乎他知道是乔治打死了莱尼。

卡尔森问莱尼是如何被打死的，乔治回答说，莱尼偷了卡尔森的枪，自己把枪抢了过来，然后打死了莱尼。斯林姆拉着乔治起身，要带他去喝一杯。乔治没有反抗，顺从地跟着斯林姆走了。

故事最终结束在第四天傍晚，只有斯林姆清楚，乔治做出了唯一的选择。

莱尼死了，乔治失去了唯一的伙伴，他们一直以来为之努力和奋斗的梦想也随着莱尼的死而烟消云散了。他将和其他流动农民一样，没有梦想、没有希望，独自一人四处流浪，每月将辛苦赚来的钱挥霍在赌桌上或妓院里。

可以说，书中出现的每一个人，他们最大的共同点就是孤独。不被工人们接受的黑人卡鲁克斯、失去老狗的清洁工坎迪、靠欺负大个子来获得内心满足的柯利、一心想当电影明星却不得不嫁给不爱的人的柯利老婆，还有备受工人尊敬却从不向他人吐露心声的斯林姆，他们都是独自一人在这个世界上行走。所以斯林姆说"没有什么人会结伴而行"。

但乔治和莱尼不一样，他们的结伴出现让其他人感到惊讶，农场老板甚至怀疑乔治别有用心。乔治又是那么喜欢莱尼，像莱尼喜欢他一样，凭借着对梦想的追求和坚持，他们从一个农场流浪到另一个农场，一个月一个月地艰难存钱。

其实，乔治一直都知道，他们那个渺小而卑微的梦想是不可能会实现的。莱尼误杀柯利老婆逃跑后，乔治在谷仓里对坎迪说："我大概一直都知道，我们是不可能成功的。只是他太喜欢听我讲，搞得我也以为说不定能行。"

乔治一直在为这个虚幻的梦想而努力着，但是现实的力量太过强大，莱尼闯了弥天大祸，乔治知道，"一切都结束了"，他原本以为，大家只是会将莱尼抓回来而不会伤着他，老坎迪的话让他意识到，柯利是不会轻易放过莱尼的。为了不让柯利伤害莱尼，乔治终于决定，送莱尼去一个地方，一个"永远不会再闯祸，永远不会再受伤害，永远不需要再逃亡"的地方。

现在，我们也许更加能够体会书名《人鼠之间》的含义，"人也罢，鼠也罢，最好的打算往往一场空"。

Day 7.

生活自有它的残忍，你要尽早明白这件事

这是一本薄薄的书，讲述的却是一个关于"梦想破灭"的悲惨故事。20世纪30年代的美国，正处于经济大衰退时期，大批农民失去了自己的土地，不得不背井离乡四处流浪，通过打短工艰难度日。《人鼠之间》的主人公乔治和莱尼就是这样的流浪工人。

作者约翰·斯坦贝克于1902年出生于美国加利福尼亚州的萨利纳斯市。1929年，斯坦贝克出版了自己的第一部长篇小说《金杯》，讲述一名海盗如何成为总督的故事。随后几年，他陆续出版长篇小说《天堂牧场》《献给一位未知的神》，写的都是加州农民的故事。1933年，短篇小说《谋害》获得欧·亨利奖。

1937年，斯坦贝克发表了中篇小说《人鼠之间》，该书一经上市就大畅销，并被改编成剧本在纽约上演。两年后，他再次出版《愤怒的葡萄》，获得普利策奖等系列奖项。此外，斯坦贝克的代表作还包括中篇小说《月亮下去了》《罐头厂街》等。

在斯坦贝克的作品中，主人公多是美国西部的农民，他们

或从其他地方流浪到此，或举家迁徙到此拓荒，贫穷是他们的共同特点。斯坦贝克常常被人认为是无产阶级作家，因为在他的作品中，充满了对无产阶级工人的同情和对资本主义社会的无情控诉。他曾跟随一群来自俄克拉何马州的农民流浪到美国西部，沿途所见所闻使他大为震动，最终写下了《人鼠之间》。

《人鼠之间》书名原文是Of Mice and Men，来源于英国诗人彭斯的一首名为《写给小鼠》的诗，原诗的意思是，无论是人还是老鼠，最美好的计划总是被毁灭。事实上，全书提到老鼠的地方很少，老鼠并不是书中的主角，那作者为何要用"人鼠之间"来作为书名呢？应该是由书中"人与人之间"引申而来。

书中除了乔治与莱尼，还有只出场了一次的农场主，只剩一只手的老清洁工，住在马厩旁边被众人排斥的黑人……

尽管这些人都在一个农场工作，但他们并不是友好和谐的同事关系，而是互相讨厌憎恶，随口说出的都是脏话，可见人与人之间的关系极其冷漠、自私。所以，斯坦贝克要用"人鼠之间"来指代"人与人之间的关系"。结合彭斯原诗的含义，斯坦贝克借这句诗表达了自然主义和宿命论的观点，在当时的大萧条时代，人和老鼠一样都无法决定自己的命运，更不可能实现心中的理想，而只能任由外力推动着前进，最终面临梦想的破灭。

全书主要人物只有两个，莱尼和乔治，从开篇到结局仅仅过了三天，但情节的设计却充满了戏剧的张力，且出场的人物都极具个性。美国著名作家丹·布朗说它"每一章的开头都是小说书写的典范，感染力无与伦比"。

然而，作为一个聪明的正常人，乔治为什么愿意与莱尼结伴同行并无微不至地照顾他呢？如果是为了实现那个买块地的梦想，乔治为何不找一个更聪明能干的人，反而愿意和总是惹麻烦脑子不好使的莱尼结伴呢？或许，从管马厩的黑人的话中，我们能够体会到其中的缘由。

"一个人跟另一个人说话，但是对方听见了没有、听懂了没有都不重要。……谁都会需要有个人在身边，要是一个人都没有，人会发疯的。……孤独会让人生病。"

可见，乔治对莱尼的照顾，并不仅仅是出于莱尼姨妈的托付和乔治的善良，更多是出于乔治的个人需要。在那个人人独自谋生的社会，他需要莱尼的陪伴，因为莱尼的天真无邪使他相信，他们的梦想一定能实现。

是莱尼给了乔治努力奋斗的勇气和动力。一旦莱尼死去，乔治就沦为和其他工人一样的人，每月领了工钱上妓院、喝酒、玩二十一点，沉湎于当下的享乐，挥霍完后再回到农场工作，如此循环下去，看不到尽头。

乔治和莱尼梦想的破灭，一定程度上可以看作是"美国梦"的破灭。莱尼反复要求乔治讲述他们的未来，那个微不足道的梦甚至都无法称作是"美国梦"。然而，正是这样渺小的梦，当时的社会都无法提供一个使之实现的平台。

乔治和莱尼所处的社会就是作者约翰·斯坦贝克所生活的时代——美国经济大萧条时代。当时社会经济通货紧缩，物价下跌，喝一杯酒只需要两毛五，找一次妓女只需要两块五。同时，整个社会经济也死气沉沉，失业率极高，普通人难以找到一份稳定的工作来养家糊口。

除了经济方面的严重衰退，社会文化与大众心理方面也出现了严重的问题。人与人之间已经丧失了信任感，"几乎没有人结伴而行"。

最后，乔治为什么决定杀死莱尼？是为了减少莱尼的痛苦，避免被农场的人折磨吗？还是借此机会除掉自己实现梦想路上的阻碍？也许是前者吧。乔治对莱尼充满了耐心与爱护，只有他明白莱尼那巨大的身躯里藏着的不过是一个天真善良的孩子。莱尼从来都不想伤害他人，他只是控制不住自己，每一次闯祸后，乔治都会帮他善后。

而这一次，乔治别无选择了，他想起了那只被杀死的老狗，与其让莱尼被农场的人抓回来枪毙，不如自己亲手送他离开。小说的结尾，乔治扔掉枪后，被农场的领头骡夫拉去喝酒，这其实是一种隐喻，喻示着乔治终于放弃理想的追求，而和现实妥协。

还记得卡鲁克斯在听了坎迪描述他们那块地后所说的话吗？"我见过太多脑袋里装着一片地的人。从来没人真的得到过。"

是的，每个人都对自己未来的生活抱有美好的憧憬，但绝大多数人最终都和乔治一样，向现实低头、和生活妥协，最终将自己辛苦得来的一切荒废在日常享乐上，他心里装着那块地，脚却走进了酒馆和妓院。

鲁迅先生曾说："人生最苦痛的是梦醒了无路可走。"而乔治，就是那个梦醒了的人，他将永远跌入现实的深渊，没有同伴、没有朋友，从一个地方到另一个地方，永无止境地流浪。

《一个女人一生中的二十四个小时》

大闹一场，悄然离去

［奥］斯蒂芬·茨威格

茨威格是奥地利著名的作家、小说家、诗人，代表作有《一个陌生女人的来信》《象棋的故事》《人类群星闪耀时》《一个女人一生中的二十四小时》……每一本书都在世界范围内有着经久不衰的魅力，备受全球读者喜爱。

他被称为"人类心灵捕手"，也被公认为世界上最杰出的中短篇小说家之一。

作品主要以人物的性格塑造及心理刻画见长，通过写人的下意识活动和人在激情驱使下的命运遭际，在生活的平淡中，烘托出使人流连忘返和记忆犹新的人和事。

Day 1.

他是人类心灵捕手，更是最懂女人心的作家

    茨威格的一生，灿烂辉煌又动荡波折。

    1881年，茨威格出生于维也纳一个富裕的犹太家庭。他前半生过得相对富足，写作生涯也比较顺利。17岁便在杂志上发表第一首诗歌，19岁已有200多首诗歌问世。在维也纳大学和柏林攻读哲学和文学，一路到博士毕业。

    毕业后任职过《新自由报》编辑，后又去西欧、印度、美洲等地游历。年纪轻轻，茨威格就事业出众、经历丰富、内心富足，已超越了无数人，成为大家心中的人生赢家。然而，世事无常，随着第一次和第二次世界大战陆续爆发，长期处在动荡不安、战争阴云的笼罩下，茨威格的精神世界逐渐崩塌。

    他曾长期隐居在萨尔茨堡，埋头写作，后又与离异并带有两个孩子的温德尼茨结婚。曾失去国籍，后又加入英国籍。他在混乱而碎裂的生存环境下，反复折腾，备受煎熬。同时，他也亲身感受到人与人之间的冷漠、情感的沦落、内心的孤独、人性的复杂与挣扎等。他把这一切，通通注入作品中，也正是这段沧桑的岁月，使他笔下的人物有一种异乎寻常的勇气和高傲。然而，茨威格在61岁时，实在忍受不了"精神故乡"沉

沦，而绝望自杀。

1933年，茨威格的作品被焚遭禁，他本人几乎从德国学者的视野中消失。之后，他的作品慢慢在其他国家引起反响。在茨威格去世后，巴西总统竟然下令为他举行国葬，成千上万的民众怀着悲痛的心情为他送葬。而他的作品，经过时代的洗礼，在无数读者心中永生。

茨威格的作品太多太多，大致分为三个阶段。第一阶段，以青春萌发期的儿童视角，去观察探索为情欲所主宰的成人世界，以及人的精神世界。第二阶段，以情欲所控制的成年男女的心态，去写他们在潜意识驱使下犯的所谓"激情之罪"。第三阶段，以经历沧桑的老年过来人的视角，去写这些人在情欲的驱逼或意外打击时心灵的震颤和意识的流动。

每个阶段都有他不同的感悟，以及书写了无数富有灵魂的精彩人物作品。内心丰富的人，哪怕是生活中微小的事物，或一个细节，或一句话，甚至是一个眼神，都可能让他受到启发，从而开启一场精彩绝伦的写作探索，而寡淡的人是很难从生活中去感知、感悟的。在茨威格的《人类群星闪耀时》中，他用14个精彩故事，以独特的视角，展示了不同时代和地域的人的复杂情绪与波折命运，在《象棋的故事》中，他用业余象棋手打败国际象棋世界冠军的故事，来隐喻表达自己对纳粹法西斯的痛恨。

而《一个女人一生中的二十四小时》，讲述了一些特立独行、疯魔痴情、孤独现实、辛酸又悲惨的命运故事。本书收录了《一个女人一生中的二十四小时》《拍卖行里的奇遇》《月光巷》《日内瓦湖畔的插曲》与《看不见的收藏》。其中，第一篇《一个女人一生中的二十四小时》最让人印象深刻。它讲述了一位英国老太太的回忆。

当年，她因一时情欲驱使，奋不顾身地将自己的命运交付给一位陌生的赌徒，在惊心动魄的24小时内，她的心情跌宕起伏、暗潮汹涌，由兴奋到激动、到遗憾、到愤怒、到悔恨终身……这24小时，足足影响了她半辈子。

Day 2.

迷人的绅士，有着致命的毒药

　　故事起源于里维埃拉一栋小公寓中饭桌上的一次激烈讨论。饭桌上的人分别是一对经常外出观光游览、拍照留念的德国夫妇，一个喜欢独自出行钓鱼的丹麦胖子，一位喜爱看书、举止文雅的英国老太太，一对豪赌的意大利夫妇，还有就是故事中的"我"。平常大家的模样都是和善的、友好的，但这次激烈的讨论，竟然演变成粗蛮的争执，最后恶语相向、互相侮辱。原来，大家讨论的是前几天的一则桃色事件。

　　一位年轻的法国人乘坐火车来到这里，租下了一间比较昂贵的海滨房间。这位法国男人长相俊美、超群绝伦、举止优雅，拥有绅士风度，极其引人注目。

　　他从别人旁边走过时，会谦恭打招呼；有女士往存衣处走时，他会上前搭把手帮忙；如果周围有孩子，他会蹲下身逗乐他们几句。他有着极强的社交能力，恰到好处，平易近人，又不张扬惹眼。这样无拘无束又风度翩翩的男士，瞬间让所有人无可抗拒地生出好意，总忍不住多看他几眼，或者能多交流几句。

　　他才来两个小时，就已经和一对女孩在打网球了，而女孩的母亲亨丽埃特夫人满脸笑意，在一旁观望。晚上，这位法国男士在我们的棋桌旁观看了一小时，其间又讲了几个笑话，之后又与亨丽埃特夫人在屋顶长时间踱步，第二天，又与那位丹麦小伙伴去钓鱼，总之，他能与每位陌生人相处愉快。

直到下午6点，"我"去寄信，又在火车站碰到这位绅士，他说突然有急事，要赶回去，两天后再回来。然而，到了半夜，花园里突然出现叫喊声，工作人员焦急地跑来跑去，慌乱不堪，原来是亨丽埃特夫人不见了。

大家担心亨丽埃特夫人遭遇了什么不测，有人立即打电话报告了警察局。但没一会儿，亨丽埃特夫人的丈夫呆滞地从楼上房间下来，手里紧紧攥着一封信，他绝望地告诉大家，不用找了，他的夫人抛弃了他与孩子，离开了。在场所有人都大吃一惊，沉默几秒后，依旧感到很难为情，不知该如何安慰他，都默契地保持着沉默，静静地看着他。

大家都沉默不语，不忍心发出任何一丝声音，怜悯之下，只好一个个溜回了房间，黑夜中，只剩那绝望的丈夫在阅览室的椅子上默默啜泣，独自消化。

后来，让大家更震惊的是，亨丽埃特夫人不是独自一人走的，而是与那风度翩翩的法国男人私奔了。顿时，饭桌上激动不已。桌上所有人对那法国男人的好感顿时全无。

有人说，一个中年妇女竟然抛弃两个孩子和丈夫与一个认识才一天的风流倜傥的男人私奔，未免太荒唐，实在没脑子，没良心。后来，有人细思之后，再揣测说，他们或许早就私下认识了许久，这次情郎是专门来接她离开的。桌上大部分人对此观点表示点头认同。此刻，他们已经不需要真相，完全沉浸在自己的幻想中。故事中的"我"，发表了不一样的看法。

"我认为，一个多年来对婚后生活感到失望和无聊的女人，心里早已做了坚决的准备，一旦有人追她，就随他而去，这种情况是极有可能的。"

毫无疑问，这遭到了他们的强烈反对。他们带着毫不掩饰的侮辱和轻蔑的神情否定一见钟情的想法，认为这太过小说化、戏剧化。争吵慢慢升级，火药味越来越浓……

只有一位C夫人，满头白发、气宇不凡的英国老太太，她镇定地凝视着我。她平常总是腰板挺直，雍容高贵。而这一次，她竟然与"我"进行了对话。她问"我"，你真的相信一个女人会无辜地被卷进一桩突如其来的绯闻，相信确有一些这样的女人，会做出一小时之前她们自己都认为不可能而且几乎也不能由她们来负责的行动？

"我"斩钉截铁地告诉她："我绝对相信。"然而，她又提出疑问，认为"我"的话太过理想，这样一个抛夫弃子的女人，难道不是轻浮与不检点吗？于是，故事中的"我"，又重申了自己的想法，她只是勇敢地顺从了自己的心意，脱离了痛苦的牢笼而已。

亨丽埃特夫人的丈夫与其他女人暧昧调情，连在他们之间的早已是个破败不堪的婚姻。虽然亨丽埃特夫人的做法有些愚蠢和轻率，但谁也没权利去鄙视这个可怜的女人。

英国老太太还问了"我"许多问题，"我"自始至终都没有改变自己的态度。最终，所有人都停了下来，虽然观点仍然对立，但不再偏激和对峙。自从这次谈话后，英国老太太明显对"我"亲近了许多，甚至经常主动找"我"聊天，聊着聊着又聊到了亨丽埃特夫人的身上。"我"依旧保持自己的观点，英国老太太看起来竟然有些高兴。

过了五六天，"我"快要离开了，英国老太太终于忍不住，她说自己有很多话想和"我"交谈。没想到一位56岁气宇不凡的老太太，竟然也有如此惊心动魄的经历。原来在浩瀚的世界里，大家的命运都是一样的，如同在不断颠簸摇摆的大海上，起落沉浮、飘忽不定。

Day 3.

每一双手，都表达了一种特殊的人生

我们约了一个时间，像要做一件大事一般正式。当我们坐下时，谁也没说话，看着她那紧皱的眉头，终于，她开始说话了。她说，有一件事让她无时无刻不在想着，甚至有时半夜失眠睡不着觉，这事是她生命中难以忘怀，且无法忍受的。它仅仅有24小时，却成了她一生中最荒唐的24小时。

老太太出生于富贵的苏格兰乡村勋爵家庭。18岁的时候，她在一场聚餐上认识了自己出身望族的丈夫，两人很快就结婚了。他们的婚姻一直很好，她经常去世界各地旅游，两个儿子也顺利长大成人。但是，在老太太40岁时，丈夫患肝病，突然去世了。这对她是一个致命性的打击，她很爱自己的丈夫，孩子们当兵的当兵，读大学的读大学，一夜之间，她成了孤家寡人。

尤其是深夜来临，看着家里的一切，触景生情，让她更加思念自己的丈夫。家里再也待不下去了，她决定四处去旅游。那个时候，在她心里，生活已经没有意义了，没有任何东西值得自己去眷恋。她迁居到巴黎，甚至一度想结束自己的生命。但她一直没找到让她死亡的力量，而好好活着需要更大的勇气。在她丧夫的第三年，她去了蒙特卡洛，去填补内心的空虚。

在蒙特卡洛，她时常去光顾赌场，别人那些气愤、不安、悔恨的神情，会稍稍激起她的兴趣。同时，她自己的心情也是起起落落。这天晚上，她又来到赌场，在赌台之间来回溜达，只为了以特殊的方式观察这一群群聚集在一起的赌徒。这也是她丈夫教她的。她丈夫在世时，时不时会带她来赌场，告诉她，比起面相，一个人的手的反应直接暴露了他的心态。长时间驻留赌场的人，脸上可能练就了不慌不忙、气定神闲的表情，可以抚平紧皱的眉头，也可以压制住内心的激动，但几乎所有人都把重心放在了脸上，却忽视了手的隐藏。

"挥金如土者的手放得很松，贪得无厌者的手握得很紧，举棋不定者的手关节战栗不已，工于心计者的手关节平稳安静。"每一双手，都表达了一种特殊的人生。有的奸诈狡猾，有的老实巴交，有的高贵，有的卑贱，有的残暴，有的苍白哆嗦，有的厚颜无耻、贪得无厌……那时她几乎看遍了赌场里所有人的手，一旦有新的手出现，就会让她激动不已。直到一双手的出现，打破了她所有的平静。

这两只手美得简直不可思议，长得出奇，又细得卓绝。

丧偶的C夫人，她无论如何也要看看这是怎样一个人，为何会拥有这般神奇的双手。那是一张20多岁人的脸，秀气、俊逸，但却有着无尽的贪婪和暴怒的神情。她被这样一个男子吸引住，完全沦陷了。在那一个多小时里，她的视线着魔般紧紧停留在男子身上，看他激动、喜悦、懊悔、失落……最后，男子突然起身，双目无神、落魄地拖着自己笨重的步伐一步步走出赌场，像是被抽掉了所有灵魂。

他很惨，全输光了，男子往外走，C夫人也不知道自己怎么了。她澄清说，刚开始并不是对他产生了爱意，最多是好奇，然后是害怕这个年轻人发生意外。她想救他。

年轻人躺在长椅上，路过的人目光频频停留，无一不认为这是一个自杀者。夫人不敢想象，如果年轻人手里有枪，他一定会毫不犹豫解决掉自己。此刻，夫人站在离长椅二三十步远的距离，进退两难。在那儿踱步了一个多小时，突然，雨水从天而降，越下越大，她赶紧跑去旁边的亭子躲雨。而那年轻人瘫在长椅上一动不动，任由倾盆大雨活活打在自己脸上、身上。

这样万念俱灰的景象，任何人看到了都无一不怜悯。最后，夫人终于忍不住了，一把跑进雨中，去长椅前拉起年轻人的胳膊，说道"快起来"。年轻人有点惊讶，依旧不为所动。夫人有点生气了，又继续拉动他的胳膊，"快起来"。

"你要干吗？"年轻人怀疑地问道。

夫人没有回答他的问题，只是想先把他拉到一个避雨的地方，其余的没有再思考。最终，年轻人跟着夫人来到了避雨亭，暴雨还在唰唰地下着，两人并肩立在那儿，谁也没开口说话。深处深渊的人，就像是一只困兽，如果有人拉了他一把，他或许会就此跳出深渊，又或许将救他的人一同拉入更深的深渊。

Day 4.

一场荒唐的邂逅，让她永远坠入深渊

夫人将他从暴雨中拽到亭子里躲雨后，刚开始两人一言不发，不知该说些什么。还是夫人先开的口，问他住在哪儿。而这男子一开口便非常惹人生气，他把夫人当作了轻浮的娼妓，以为对方想在自己身上捞点好处。夫人非但没有生气，反而一心想帮助他，哪怕帮他先找个旅馆将就一晚。可男子依旧拒绝，他自称身无分文，无法给予夫人想要的。

两人之间的交流，如同有一堵厚厚的墙，都无法明白对方的真实意图。最后，男子还是同意了去旅馆。

夫人叫了一辆马车，到了旅馆后，男子倚在那儿，随意地抖落身上的雨水，他全身湿透，面无表情，像是溺水后被救起的轻生者。夫人将手里的100法郎递给男子，让他住一晚，然后第二天乘车回尼查。而男子愣了几秒，惊讶地望着夫人。夫人解释说自己早在赌场注意到他，知道他输光了所有的钱。她只是想帮助他，而且接受别人的帮助也并不可耻。

可是，男子依旧拒绝。他明白夫人是个好人，可自己已经自暴自弃，烂泥扶不上墙了。两人站在那儿将钱推来推去，最后夫人生气地说道："现在您必须上去，明天我亲自送您上车。年纪轻轻的，决不能因为输了几百或几千法郎就轻生。那是懦弱，是气愤和懊丧之下的歇斯底里大发作。明天您就会觉得我的话是对的！"

是啊，人生本就是一场漫长的征途，摔倒了，再爬起来，再摔倒，再爬起来。哪怕是跌入谷底，只要还有一口气，就有机会从头开始。最终，男子接受了夫人的帮助。

在夫人准备离开时，男子突然愤怒又坚决地说："进来。"两人的关系，从那一刻开始，变得更为亲密……夫人醒来后吓得魂不附体，极为后悔，也非常后怕。完全无法接受自己与陌生的男子同宿一晚，内心羞愧至极。她多么希望这一切都是一场梦，可隔壁的水声清楚地提醒她，这就是真的。

夫人不知自己在那儿躺了多久，然后极为小心地移动自己的身体，生怕吵醒了旁边的男子，等收拾好后，最后朝男子看了一眼。然而，这一眼，让她的态度180度大转弯。男子此刻的状态与前一天的状态完全不同，前一天他像个濒死的老人，眼神空洞、四肢颓废，全身像是被死神拖着走。而这一刻，男子竟然像个婴儿一般幸福地酣睡着。

夫人内心的恐惧顿时一扫而空，她认为自己从心底真正救活了这男子。可当男子醒来后，夫人又害羞地逃走了，走时告知男子，自己会履行承诺，送他上车。夫人匆忙地逃回了自己的旅馆，此刻，她竟然是兴奋的，本以为丈夫去世后，自己没了生活的意义，可是，这一次，她竟然将一个濒死者救了回来。她救活了一个人啊，这是多么神圣光荣的一件事。

夫人忍不住内心的激动，把自己该做的事情都处理好后，决定完成救赎男子的最后一步——送他上车。

按照约定的时间，夫人来到赌场门口，那男子已在那儿早早等候。夫人带他去了一家小餐馆吃午饭，那陌生男人开始讲述自己的经历。原来，他是奥地利波兰贵族家庭的一员，如果按照正常的读书工作计划，他将会成为出色的外交官，但是，他偏离了航道。

他在读书期间，住在叔叔家，考试获得成功后，身为高级军官的叔叔为了给他庆祝，带他去了赛马场。毫无疑问，他跟着叔叔连续赢了三次，拿到那笔巨款后，他开始嘚瑟了，自己去赛马场豪赌，又赢了。

一切来得太容易，会让一个人失去理智。从此之后，男子就开始荒废学业。然而十赌九输，这男子也不例外。没多久，他就把身上的钱都输光了，姐姐接济过他一次，后来他又借高利贷，因为是贵族出身，大家也愿意借给他。输输赢赢，反反复复，到之后一直输，输得越多，就越想一口气赢回来，于是他偷了婶婶两枚昂贵的钻石耳环，结果输得分文不剩。

夫人听他讲完了他的豪赌故事，感到非常震惊。让人意外的是，夫人竟没有任何责怪他的意思，只是觉得他应该及时止损，她愿意给他回家的路费以及赎回钻石耳环的钱，唯一的条件是今天必须回去，并且发誓再也不碰任何纸牌和所有赌博活动。

Day 5.

爱可以是救赎，也可以是毁灭

年轻男子眼角湿润，一直点头，夫人也很高兴，决定先带他雇辆马车去海边兜兜风。在马车上，两人惬意地欣赏着沿途的风景，上坡时动不了，男子主动下车帮忙推。夫人很喜欢路边的花，男子又立马去摘来送给夫人。

男子活泼得像个少年，对行程的一切充满了好奇和期待。在经过一座教堂时，男子突然正襟危坐，脱下帽子以表敬意，原来他是信教的，并表示希望得到上帝的宽恕。夫人突然有了兴致，叫停马车，让男子随她一同进入教堂。

男子进入后，熟练地脱下帽子，把手伸进旁边的水缸中，浸了后在胸口画十字，并在神像前跪下祈祷。夫人说话了，要他当着神像的面起誓，永不参与任何赌博，永不将生命和名誉断送在这种嗜好之下。

男子刚开始有些震惊和犹豫，思索一番后颤抖地说出了他的誓言，说完后他像个忏悔者一般扑倒在地，口里吐着一些夫人听不懂的语言，估计就是在忏悔、在祈求、在祷告。他时而抬起头，时而扑下去，越来越激动、越来越疯狂，像是在历劫一般。最后，男子"历劫成功"，慢慢站起身，完成祷告后，朝着夫人深深地鞠了一躬，以表最深的感激。

夫人激动得不知道该说什么，只在心里默默感叹，她真的成功了。

完成了短暂的观光游览后，他们在下午5点回到了蒙特卡洛。夫人之前有个与亲戚的约会，没办法取消，所以一人去约会，一人去买票，然后晚上7点在车站大厅会面，亲自送他上车回家。然而，当夫人将钞票交给男子时，男子说什么也不肯接，他看到钞票，便表现出一副厌恶恐惧的模样，夫人知道他难为情，最后答应算他借的。男子当场写了一张借条，并把钞票折了一下后立马塞进口袋，不敢直视这钞票，像是害怕看到恶魔一般。

当男子把借条交给夫人时，他突然扑通一声跪了下来，眼里噙着泪水。夫人受不了这样的场景，连连叫他赶紧走，待会儿在车站会面。男子犹豫了一下，起身后再次鞠了一躬，走出了房间。

按理说男子都按照夫人的要求做了，可是夫人在讲述时却感到非常失落。原来，夫人虽是一个好人，但她也有私心，她对这年轻男子产生了爱慕之意。夫人生气他真的就这样走了，没有丝毫留在她身边的意思，仅仅把她当作帮助他的好人。如果男子拉住她，让她跟着男子去天涯海角，夫人也是愿意的。

可惜的是，男子没有开口，更没有向她迈出这一步。夫人只好失落地去往亲戚的聚会，在会场，她像丢了魂魄一般，沉闷地坐着。一个女人看出了夫人的不适，问她要不要紧，这是她亡夫的表姐，夫人趁机表示自己有些头痛，提前离开了会场。

就这样，夫人匆忙地回到了她住的旅馆。突然，夫人想到了什么。她再三明确了自己的心意，只要把他留在身边，付出一切都在所不惜。是的，夫人决定要同男子一起离开，甚至想给男子一个惊喜，在他上车后，在火车启动的前一秒，在男子挥手与她告别之时，她突然跳上火车，给他来个出其不意。今后便可以永远在一起了。

正要离开时，突然有人叫住了她。那是她亡夫的表姐，因为之前她说自己身体不适，她正是来探望自己的。两人相互纠缠了很久，夫人看了一眼时间，天哪，已经7点28分了，火车是7点35分启动。在绝望之际，她已经顾不上什么礼貌了，狠狠甩开表姐的手，说了一句再见，往旅馆外冲去。

夫人拼命跑到车站，结果被检票员拦住了，因为她还没买票，她苦苦哀求检票员，就在检票员要松口时，火车突然启动了，这一切都来不及了。夫人愣愣地站在那儿，眼睛一直盯着远方的铁轨。悔恨、愤怒、绝望，像无数把尖刀在反复刺她的心脏，痛到不行。她崩溃了，积压多年的痛苦像火山一样爆发出来，她一头撞向了旁边的墙壁，她痛恨自己为什么不早早到来，说不定此刻已经与心仪的男子幸福地开启了下一段旅程。

还好，夫人撞得不严重，只是脑袋有些晕乎乎的。旅馆那儿，她是不想再回去了，不想回到那死寂的生活，她把行李让挑夫寄存在车站，自己唯一想做的事，就是重温昨天与男子一起度过的每一个瞬间。

花园的长椅、躲雨的亭子、相遇的赌场，甚至是那个与其共度一晚的破败旅馆……夫人觉得自己已经疯掉了，竟然有如此幼稚可笑的想法，可她想那男子想得发疯，感性已经完全战胜了理性，那一刻，她只想遵从自己内心的欲望。

当她走进赌场，搜寻男子昨天坐的那个位置时，突然看到一个眼熟的人。夫人觉得自己产生幻觉了，那男子怎么坐在那儿？他在半小时前明明已经坐火车离开了。她被吓得不轻，以为自己发烧神经错乱了，她闭上眼睛，再睁开，而男子依旧坐在那儿。

Day 6.

我们都要学会与过去和解

夫人望着这背信弃义的赌徒，满是愤怒，恨不得上前撕了他，但她还是忍住了。夫人缓缓走上前，在两米处望着他。他的眼神比昨天更贪婪、更癫狂。有一局，他赢了很多，双手快速地将钱收拢，然后，又抓了一大笔钱下注。夫人一直看着他，可他一直盯着赌台，估计几个小时也不会发现夫人的存在。

最后，夫人实在忍不住了，走过去握住他的肩膀，男子看到夫人先是愣了一下，然后在夫人耳边悄悄辩解，他在跟着一位俄国老人下注，昨天他一直赢，今天跟着他准没错。夫人越听越生气，他简直把自己的承诺忘得一干二净了。

这盘赌局的结果，当然是男子输掉了，他突然吓傻了一般，死死盯着俄国老人，完全将夫人抛在脑后。夫人气愤到极致，她把一切都抛给男子，而男子连一个眼神都不愿意给她。夫人大声喊他站起来，提醒他在教堂对着神像发过的毒誓。

男子醒悟过来，连忙向夫人道歉，然后再收拾剩余的钱。可惜，他的目光再一次投向了俄国老人。男子迅速将五枚硬币扔在俄国老人下注的格子里，他保证自己再赌最后一次。毋庸置疑，又输了。夫人再也受不了了，又拉着他走。然而，男子突然露出了可怕的面孔，他朝着夫人大喊："别缠着我，给我滚，你给我带来了晦气，只要你在这儿，我就老输，今天是这样，昨天也是这样。"

夫人气得不行，好心被当成驴肝肺，还被侮辱泼脏水。她也开始大骂着骗子、小偷。男子直接抽出几百法郎扔在夫人身上，让她赶紧滚。

夫人难堪地站在那儿，赌场内上百人都在交头接耳，对她指指点点，目光极其嫌弃。这群不知情的看客，似乎把她当作了伸手要钱的妓女。更可悲的是，不远处站着一个女人，此人正是亡夫的表姐。夫人彻底崩溃了，她赶紧跑出赌场，瘫在昨天男子躺着的那个长椅上，屈辱、痛苦、绝望，全都交织在一起，让她真正感受到死亡的气息。

没一会儿，夫人突然站起来，她必须马上离开，离开这座让她备受屈辱的地狱。当夫人拿着行李坐上火车离开时，已经是晚上10点，从昨晚那场可怕的邂逅到现在，刚好是整整24小时。这24小时里充满了种种荒谬感情的骤变，从好奇、同情、救赎，到兴奋、幸福、倾心，最后到懊悔、遗憾、绝望。这是荒唐的24小时，也是足以让夫人终生难忘的24小时。

夫人连夜乘车去了巴黎，又多次转乘，最后去到她儿子居住的城市。这趟狂奔疾飞似的旅程整整48小时，这一路，夫人不吃不喝、不思不睡，所有的一切都在提醒她一个字——走。

她要回到亲人的身边，要找回属于自己的生活。

夫人终于到了儿子的住所，儿子高兴地招呼她。可是，夫人害怕儿子触碰，此刻，她觉得自己是肮脏的、卑鄙的，她竟为了一个陌生男人，差点抛弃了他们。夫人一进屋便去了浴室，她要洗掉身上旅程所带的尘土以及所有的污秽，然后好好睡了一觉。

后来，夫人无论去往哪里，总感觉有人看破了她的屈辱，那24小时的疯狂总是如影随形，她怎么忘都忘不掉，似乎整个灵魂都被污染了，是肮脏的、羞耻的。有时候，早上醒来，她都不敢睁开眼睛，害怕像那天早晨一样，突然看到身旁躺着一个陌生的男子。

但好在，时间是治愈一切的良药。随着时间的推移，这件事对夫人的伤害力也慢慢减弱了，尤其是有一次碰到一位波兰人，听到那个家族的一个成员10年前在蒙特卡洛开枪自杀了，夫人的内心突然轻松了许多。

从此，夫人的内心就平静了许多，直到这次碰上亨丽埃特夫人与年轻男子私奔的事情，那24小时的记忆再次浮上心头。但夫人没想到的是，故事中的"我"竟然道出了与她们不同的看法。

夫人说完自己的故事后，觉得如释重负，再也不用扛着这块沉重的石头，表示自己甚至可以坦然地前往蒙特卡洛，走进那个使她遭遇这番命运的赌厅，既不恨男子，也不恨自己。人的一生有太多太多的执念，与过去和解、与自己和解，才能真正地开始崭新的生活。

故事的最后，夫人对故事中的"我"表示感激，"我"也很感动能成为她的倾诉对象。两人示意后，告别了彼此。

Day 7.

人生最曼妙的风景，是内心的淡定与从容

《一个女人一生中的二十四小时》把一个女人的痴狂、热情、隐忍以及绝望写到极致，茨威格对人的细腻的感官描写是无与伦比的。即使故事发生在离我们甚远的国度以及不同的时代，我们依旧很容易沉浸在故事角色中，去感受作者笔下的切肤之感。

如果说，刚开始夫人失身于年轻赌徒，我们是愤怒的，为她不值的，但是当她勇于抛弃一切，打算与男子双宿双飞时，我们似乎又很佩服她的勇气和对爱情的执念。可惜，年轻赌徒不仅没有遵守诺言，反而将夫人置于不自重的流言蜚语中，事情的反转让人意外，但又合乎情理。

一个年轻的赌徒，怎么可能轻易收手呢？人永远不要对别人抱有太大期待，夫人自以为是救赎他的人，最后反倒成了影响他好运的晦气者。读故事，我们惊叹的不仅是情节，更是隐藏在背后的人性。

茨威格在《一个女人一生中的二十四小时》中，花了大量笔墨去描写人的手的形态和寓意。夫人注意到年轻赌徒，也是从他那双热情卓绝的手开始的。

然而，人生就像大闹一场，然后悄然离去。

如同杨绛所说的："我们曾如此渴望命运的波澜，到最后才发现，人生最曼妙的风景，竟是内心的淡定与从容。我们曾如此期盼外界的认可，到最后才发现，世界是自己的，与他人毫无关系。"

《一个女人一生中的二十四小时》中，还收录了其他几篇短篇故事。其中《日内瓦湖畔的插曲》一文，讲的是一个渔夫在湖面上发现了一个简陋的竹筏，上面正有一个浑身赤裸的男子在划桨。渔夫好心地将他拉回自己的船上，可惜，这男子说的话，渔夫一个字也听不懂。以村长对战争的敏感，他猜测这是一个逃兵。

这位落魄男子被暂时安排在旅馆中，他说的话大家都听不懂，但大家就像观赏新奇动物一般，给他投食、给他拍照，惹得他垂下了头，羞愧万分。好在一位会多国语言的饭店老板来了，两人这才沟通上，原来他真的是一位俄国士兵，阴差阳错来到了这里。他想回家，可惜饭店老板告诉他，还不到时候。有人替他支付了住宿费，他可以安心地住在这儿。

但是在这语言不通的国度，自己就像一个笑话，孩子们在远处打量着他、偷盯着他，让他无法心安理得地居住。他苦苦哀求饭店老板，得到的答案依旧不变，除非战争结束，因为这中间还有国境，他是回不去的，况且作为一个逃兵，还是无国籍的外来人员，国家都不会轻易放行。

陌生男子在绝望之下，表达了对饭店老板的感激之情，并慢慢走向湖边。一位渔夫在水中发现了他的尸体，他像来时一般，浑身赤裸，渔民们送他的衣物，被他整齐地放在岸边。渔民们为这个不知姓名的陌生人的坟墓竖了一个简陋的十字架，在那里，有许许多多这样的十字架，都象征着无名者的命运。凄凉、可悲，却又无可奈何。时代的一粒沙落在任何一个人身上，那便是一座大山。

24小时，可以决定一个女人的命运。一次日内瓦湖畔的救赎，也可以决定一个男人的命运。

看看原著故事，更能体会茨威格笔下那让人难以忘怀的人性故事。

《大师和玛格丽特》

魔幻现实主义的开山之作

[苏联] 米哈伊尔·布尔加科夫

　　历时12年写作，几易书稿，手稿甚至曾被作者本人烧毁，在布尔加科夫身故20多年后，《大师和玛格丽特》这本书几经波折，最终公开发表。它一经问世，即轰动文坛，引起强烈反响，并被称作魔幻现实主义开山之作。

　　假如不幸体验牢狱之灾，你会选择读一本什么样的书呢？在俄罗斯，《莫斯科时报》曾做过一个统计：服刑的犯人最爱读的书就是《大师和玛格丽特》。另外两本相信大家也非常熟悉，分别是陀思妥耶夫斯基的《罪与罚》和大仲马的《基督山伯爵》。综合来看，三本书的内容都让人感受到了"蜕变的过程"，作品中的人物，似乎都是在经历了一番煎熬之后，获得了自由乃至重生，行文中贯穿善与恶。

Day 1.

12年孤注一掷，八易其稿，这本巨著值得反复阅读

　　《大师和玛格丽特》最早撰写的时间是1928年，但随着其他作品相继被禁，布尔加科夫认定这本书也将发表无望，干脆在1930年将手稿付之一炬，并决定放弃写作，找一份工作谋生。

　　1931年，布尔加科夫重启《大师和玛格丽特》的创作，这一写就是12年，即使后来身患绝症，得知自己不久于人世，他也没有放弃修改和创作。甚至在去世前一个月，他还在为这部作品呕心沥血。

　　直到1966年，也就是布尔加科夫去世的20多年后，《大师和玛格丽特》终于得以出版面世。面世的版本是由他妻子修改过的，想必布尔加科夫不会计较这些，他在去世前写给妻子的信中曾经预言过这本书会被封存角落的命运。而且在他73年的生命里，他本人正是在不断地推翻和否定中重塑，他已经慢慢找到内心的平静和自由。

　　在他的认知里，"作家不论遇到多大困难都应该坚贞不屈……如果使文学去适应把个人生活安排得更舒适、更富有的需要，这样的文学便是一种令人厌恶的勾当了"。这样的种

子，也许在他九岁初读《死魂灵》，并深深爱上果戈理独特的讽刺艺术风格时就埋下了。

当没有出版、没有读者、没有评论的时候，他确实孤独，但是他也告别了外界带给他的虚荣和期待，慢慢回归写作本身，回归内心的宁静。这样的感觉，就像疾病促使普鲁斯特写出了《追忆逝水年华》，孤独让卡夫卡生出了《变形记》一样。

作家余华曾评价："卡夫卡之后，布尔加科夫成为20世纪又一位现实的敌人，不同的是卡夫卡对现实的仇恨来源于自己的内心，而布尔加科夫则有切肤之痛，并且伤痕累累。因此，当他开始发出一生中最后的声音时，《大师和玛格丽特》就成为道路，把他带到了现实面前，让他的遗嘱得到了发言的机会。"

歌德认为："每个艺术家身上都有一颗勇敢的种子。没有它，就不能设想会有才华。"布尔加科夫应该是那些勇敢又有才华的艺术家中的一位。在这部作品中布尔加科夫的确夹带了不少"个人因素"，书名中的"大师"原型就是布尔加科夫本人，而拯救他的爱人"玛格丽特"就是参照他的妻子伊莱娜写成的。

布尔加科夫借由"大师"之口说出"手稿是烧不掉的"。这句话后来成了俄罗斯的一句俗语，意思是"思想是不怕子弹的"，只要足够坚定，就不会那么容易被摧毁。

的确，《大师和玛格丽特》这部作品，即使包裹了再多的外衣，它的内核依然是坚定的，是给人以力量的。尽管第一遍看只是魔王撒旦的化身沃兰德在嘲弄普通人，感觉上略显荒诞；但再看就能发现耶稣被彼拉多处死这个故事其实是"大师"的作品，是"小说中的小说"；而第三遍，你会发现并思考其中的奥秘，善良与邪恶、人类与妖魔，不是全然对立的，甚至所谓的现实，也可能并不是真相、不是本质。

因此，这部总计32章的作品，虽然书名叫《大师和玛格丽特》，主要人物大师在13章才出场，玛格丽特更是在19章才出场，却并不影响我们去深入理解他的思想，因为布尔加科夫这个人就在其中。

就像1966年出版时，西蒙诺夫所作的序言中所说的那样："布尔加科夫是讽刺作家、幻想作家及善于作准确严格之心理分析的现实主义作家。"彼拉多的故事是"魔幻小说中的心理小说"。

Day 2.

魔幻现实主义开山之作，始于一场跨越时空的狂欢

"你到底是什么人物？"

"有一种力量，它总是想作恶，又永远在造福，我就是它的一股。"

这段对话出自歌德的作品《浮士德》，却被布尔加科夫用在了《大师和玛格丽特》的开篇。似乎，这预示着某种蓄势，魔鬼降临的脚步近了。不过，又有点含混不清，应该是某个神秘人物。在他出场之前，我们首先要认识另外两个人物。

暮春时节的某个黄昏，莫斯科的某个公园里，迎面走来了两个男人。那是莫斯科最大的作家协会之一的理事会主席——米哈伊尔·亚历山德罗维奇·柏辽兹，以及他年轻的同伴伊万·尼古拉耶维奇·波内列夫。柏辽兹是某大型文艺杂志主编，而伊万则是一位诗人，笔名"流浪者"。

当天的太阳很足，公园和街面上异常冷清。他们想买些饮料解渴，不料挂着"啤酒、矿泉水"牌子的售货亭里却只有不加冰的杏汁。而且，两个人喝完还不住地打嗝。然而，随着柏辽兹的心脏异常跳动又回到原位，他停止了打嗝，却仿佛出现了某种幻觉。于是，柏辽兹开始和"流浪者"不自觉地交流起

来。一个跟他年纪相仿的外国男人出现了，他暗中偷听二人的谈话，并且抓住时机询问二人是不是无神论者，是否不相信上帝。

此人身份十分可疑，伊万和柏辽兹不知道该把他界定为精神分裂症、间谍还是别的什么。但他自称是个学者，名字有个"W"，他坚称耶稣存在，并且认为这不需要任何理由。此外，他对很多事都未卜先知，甚至还预言了柏辽兹本人将会因为一个女人和葵花子油死去。

外国人的预言是否应验还不得而知，不过故事却换了一个时空来讲。故事的发生地不再是20世纪30年代的莫斯科，而是2000年前的耶路撒冷。主要人物也不是柏辽兹和伊万，而是一个身穿猩红里子白斗篷的犹太总督本丢·彼拉多。

那一天，从拂晓起他就闻到了平生最讨厌的玫瑰油香味，除了心神不宁，他似乎也意识到了这不大吉利，仿佛周围的一切都是不祥之兆，他甚至还感受到了偏头痛的折磨。照旧审讯犯人的时刻，却有点不寻常。一个身穿破旧浅蓝色长衫、二十七八岁的男子引起了彼拉多的注意，他扎着白头巾，左眼下有一大块青伤，嘴角也破了，凝着血。他开口就称彼拉多"善人"，在他看来，这个残暴的总督跟别人没什么两样。哪怕是总督为了展示他的威严，命令手下拿皮鞭抽打他过后，他依旧没有任何怨气。

此人名叫耶稣，绰号加利利拿撒勒人，他不知道自己的父母是谁，居无定所，四处云游。当总督问到他是否布道蛊惑人心，企图捣毁圣殿时，他除了矢口否认，差点又吐出令彼拉多厌烦的"善人"两个字。此后，除了承认自己布道，耶稣对其他一切指控都予以否认，只说自己身边还跟着一个叫马太的人，不久前还结识了一个叫犹大的人。

他相信真理，认为这世上没有恶人，还说未来人类将进入真理和正义的王国，根本不再需要任何政权。这显然已经构成了某种冒犯。后来，耶稣连同另外两名犯人被一同处死了。尽管彼拉多有过一些时刻是犹疑的，可最终还是那样做了。

时间来到晚上，又是柏辽兹和伊万的世界，他们好像都做了一个梦，梦里就是那个耶稣被处死的故事。或者说，这个故事很可能就是那个外国人讲给他们听的，他们已然分不清现实、幻觉和梦境。不过，两位作家并没有因此就信服这个外国人，柏辽兹甚至还根据种种现象断定他是个疯子。

理由如下：他说自己在已故哲学家康德那儿吃奇怪的早餐，胡说什么葵花子油和安努什卡，还预言别人，确切地说就是柏辽兹脑袋搬家等。作为无神论者，即便涉及自身，柏辽兹也是不愿意相信这些奇怪言论的。此后他们的对话越发诡异，这个所谓的教授，或者叫他学者，在柏辽兹他们看来是疯子，他说自己要住在柏辽兹家，还问了伊万是否认为魔鬼也不存在。这些还比较好应对。可是越到后来，就越让人脊背发凉，甚至不寒而栗了。

他直呼柏辽兹的全名，甚至还知道他在基辅有个叔叔，说要替柏辽兹给他叔叔发一封电报，越发私密的话题成功引起了柏辽兹的注意。上一秒，这位理事会主席还在盘算如何查明那个疯子的身份，下一秒，他就命丧黄泉，是事故引发了电车对他的袭击，他的头被电车无情切下。

死之前，柏辽兹脑子里有个人在拼命大叫："难道真是这样吗？……"这一次，他真的相信了那个疯子的预言，可是有什么用呢，人已经死了。

同行的伊万显然受到了某种惊吓。不过，的确跟疯子说的一样，是葵花子油致使柏辽兹滑倒撞到了铁轨上，导致了悲剧。是花园街的安努什卡，她在杂货店买了一瓶葵花子油，碰到旋转门上打碎了！油洒了一地，柏辽兹成了可怜人。想着这一切，伊万觉得这仿佛是某种魔咒，目的是让他们相信真的有魔鬼。他回过神来试图歇斯底里，想问清楚那外国人的身份，却没能追上对方的脚步，不过意外发现了一只大猫。

那只猫很不寻常，甚至通晓人的语言和思维，跟那个自称"W"的人可能是同伙。这真糟糕！更糟糕的是，作协会员们等柏辽兹已经等得不耐烦了，他们约定了10点钟开会。11点多的时候，组织者还没出现，他们在愤怒中等来了柏辽兹死亡的消息。人们因此有过短暂的悲哀，却还是很快沉迷于吃吃喝喝的享乐之中，直到只穿一条秋裤的伊万几经辗转回到这里，他发动一切力量找寻那个外国人、那只猫，他要为他的朋友讨个说法。

可是，没有人愿意相信伊万说的话，人们把他当作疯子，认为他精神分裂，甚至还强行把他送进了疯人院。他想尽量多地提供信息，他想尽快抓到那个坏蛋和猫，不，是三个人，一个教授、一个穿格子衣服的瘦高个儿，还有一只猫，黑猫。

可是没有人相信他说的话，他这样自我消耗，只会被认为他的疯狂程度再度升级，即使侥幸逃跑，也还是会被抓回去的。与其到最后竹篮打水一场空，不如还是早做打算的好。他开始观察周围的人和事，开始让自己看起来尽量跟他们没什么两样。尽管他还不能融入，还是会感到孤独，还是不愿享乐，但是这位诗人已经明白，昨天的黑夜会被吞噬，白昼正势不可当地扑面而来。

Day 3.

人生有尺，欲望有度

　　柏辽兹生前住的那所花园街五十号的住房，居然是凶宅。从两年前开始，这套房子里发生了多起无法解释的怪事：居民接连失踪。所以，这是轮到柏辽兹了吗？按照这个规律，跟他一起合租的杂耍剧团经理斯乔帕的处境也堪忧。因为魔法教授沃兰德不请自来了。他一口咬定跟斯乔帕签过协议，并且拿出了文件。

　　没错，他就是那个外国人，跟他一起出现在斯乔帕家的还有那只黑猫，以及一个叫阿扎泽洛的红发人，他从镜子中走来，对斯乔帕充满不屑。某个瞬间，斯乔帕感觉卧室里天旋地转，他的脑袋撞到门框上，在失去知觉的一瞬间想道："我要死了……"被可怕的人包围，斯乔帕生出各种可怕的念头，他叹气，他心里不舒服，终于不堪重负晕了过去。

　　斯乔帕昏迷的时刻，伊万刚好从沉睡中醒来。他依旧在精神病院进行各种博弈，在医院的人还是不愿意听他说时，他选择了写下来，然后决定寄出去。

　　正当伊万坚持努力的同时，柏辽兹死亡的善后事宜也在推进中。死者的手稿和遗物被封存在了花园街五十号。这栋房

267

屋，甚至也迅速成为被觊觎的对象。不过，一般的人物怎么能跟教授魔法师相比呢？人家可是大大方方地坐在死者桌子上的人，甚至还拿出了文件，上面说："外国演员沃兰德先生接受杂耍剧院经理斯捷潘·波格丹诺维奇·利霍杰耶夫的盛情邀请，在其巡回演出期间暂住他的寓所，时间大约一周，此事业经利霍杰耶夫于昨天致函尼卡诺尔·伊万诺维奇，请求为该外国人登记临时户口，期限至利霍杰耶夫出差去雅尔塔返回之日。"

尽管这文件后来在混乱中不翼而飞，但不得不说教授一行人的办事效率和乱真程度之高。

此后，杂耍剧院的财务经理被栽赃陷害，而剧院经理利霍杰耶夫，也被一封电报成功定义为失踪人口，内容是："雅尔塔发往莫斯科杂耍剧院收——今日11时30分，一个穿睡衣长裤无靴之栗发男子来我刑侦处，该精神病者自称是你院经理利霍杰耶夫，请急电告雅市刑侦处该经理现在何处。"

另一边的伊万，即使是想写点什么也并不那么顺利，倒不是有人质疑。而是他自己一遍遍地推翻重来，于是，他写了画，画了改，他甚至为本丢·彼拉多画了像，后来又画了一只直立行走的猫。然而插图也无济于事，诗人越往下写，他的报告就越加语无伦次、不知所云。

他本来是心怀正义的，可是后来转念一想，自己好像跟柏辽兹也没有那么熟悉，更不是他的什么人，何必为了他这么辛苦呢？于是，伊万开始慢慢放下心里的包袱，甚至想：人总要死的，而且，那一位说得没错——人还会猝死。愿他的灵魂进天国吧！会来一位新主编的，说不定比前一任更加口若悬河。

就这样，伊万慢慢平静下来。不过，他的世界仿佛成了新旧两个自己，在互相争斗，也在互相说服。不过，他确实没有之前冲动了，就连有人叫他"傻瓜"也能欣然接受。那一晚，阳台上出现了一个神秘的人影，他避开月光，躲在暗处，还举起手指向伊万威吓了一下。伊万并不惧怕，从床上坐了起来，只见阳台上站着个男人，那人把一根手指贴住嘴唇，轻轻发出了一声："嘘！"

剧院的演出如期举行，很多观众出于好奇，参观了化妆室。不过，最引人注目的还是一位外国演员，他是一位魔法家。最叫人惊讶的，是魔法家的两个随从：穿格子西服、戴破夹鼻眼镜的瘦高个儿和肥大的黑猫。

他们在舞台上的表演自是精彩，除了展现魔法，也表演当众拆穿。此外，为了表示对莫斯科技术进步的赞美，也为了赞美莫斯科人，他们连做了两次笑脸。一次向池座，一次向楼座。看起来只是普通的表演，友好而和善。实际上，却并非如此。

领头的魔法师说，他对莫斯科的公共汽车和电车感兴趣。随后话锋一转："我更加感兴趣的倒是另一个尤为重要的问题：莫斯科居民的内心是否发生了变化？"

为了找到答案，他用到了扑克牌，洗了几下，把它一张张丢给黑猫，纸牌在空中连成一条长带，黑猫一一接住后，又把这缎子般闪亮的长蛇嗖的一声抛了回去。好个法戈特，像小鸟似的张开嘴巴，把飞来的纸牌一张张全都吞下了肚。

更刺激的是，魔法师紧接着居然说："尊敬的公民们，现在纸牌到了第七排的帕尔切夫斯基公民身上，就夹在三卢布的钞票和法院的传票中间。法院传唤他是要他向泽利科娃女公民支付赡养费。"

这还只是开始。他们又操纵了一场金钱雨，观众开始抓钱、抢钱，丑态尽显。就在人们陷入混乱之际，他们又突然宣布这不过是假象，是集体催眠术。虽然纵欲之乐，忧患存焉，可是沉醉其中的人们，似乎对魔法师说的并不感兴趣，还是更喜欢哄抢。

于是，女装、鞋子、帽子等也被以不同方式变出来，似乎给了人们一个不劳而获的机会，可是如果有人听进去刚才的那些话，就会明白这些都是水月镜花、浮光掠影，虚无缥缈得很，总会消失的。

然而，今朝有酒今朝醉，及时行乐得人心。没有人在乎这些，更不会有人发现，就在他们乱成一团的时候，魔法师一行人已经悄悄离开了。连同他身边的旧椅子都消失得无影无踪，而跟他一起的骗子法戈特和黑猫也都像在空气中融化了一般，不见了。

Day 4.
比太阳更不可直视的是人性

伊万在精神病院的日子，终于开始出现波澜。一个深色头发的人进入了他的世界，那人是在侦查和试探之后才向伊万靠近的。原来，他偷了钥匙，偶尔会从阳台的栅栏走上阳台这片公共区域，随机探访邻居。伊万觉得这不正常，既然偷了钥匙，应该寻求更大的自由，怎么不干脆一走了之？

那人的回答也够直接，他说："我不能从医院里逃走，倒不是因为楼太高，而是因为我无处可逃。"

伊万开始怀疑那人是狂躁型人格，因为担心被人发觉，才不得不留在医院里，但客人予以否认，他应该是真的没地方去，或者有什么难以言说的苦衷。在得知伊万是诗人之后，来人给出的忠告居然是不要写诗。伊万以为他只是讨厌诗人，他不知道来人正是"大师"，他正是吃了这方面的亏。

不过，他向伊万透露，119号病房送来了新病人，是个红脸胖子，老在嘟哝什么通风管道里有钞票，还赌咒发誓说他们花园街的屋子里住进了妖怪。没错，新病人正是剧团的财务主任，来这里是拜魔法师所赐。

其实，这不重要，重要的是伊万知道来访者并不是疯子，他理解伊万，愿意听他讲事情的经过，还愿意做出回应。他甚至告诉伊万，那个所谓的教授，其实就是魔王撒旦，不要试图抓住他，越来越多的人将感受到他的威力。

出于信任，来人说出了自己是"大师"的秘密，还说了他和爱人玛格丽特的故事。他们彼此相爱，难舍难分。玛格丽特支持"大师"的创作，甚至崇拜他、鼓励他，只可惜评论界并不看好他的作品，批评家拉通斯基更是把他的作品痛批到体无完肤的地步。

"小说的惨败犹如撕去了我的一片灵魂。说实话，我没有别的事情可做，唯有等待着一次次和她相见。"大师向伊万这样描述自己的心情，他甚至不愿提起自己的名字，只是说让人忘了他的名字，叫他"大师"就好。

大师的爱人玛格丽特想毒死那些批评家，看着大师被折磨，她甚至为自己劝说大师去发表作品深深自责。再后来，大师烧掉了小说手稿，那手稿里的故事正是伊万听过的耶稣和彼拉多的故事。不过，大师从此不愿意再提起了。他无意中跟伊万透露出这个信息，可能真的因为他们视彼此为知音吧。

大师接着讲述他和爱人的故事，他们原本约定要一起走的。可那个女人是有夫之妇，她要安排好一切，跟那个曾经对她很好的人说清楚再跟大师走。可是，他们没有走成，大师来了医院，玛格丽特失去了他的消息。

尽管想念，但大师宁愿对方忘了自己，他不想再连累自己爱的人，他认为自己已经无可救药。既然如此，还是留在这里比较好。伊万还想再听大师说些什么，他甚至想再多了解一些耶稣和彼拉多的故事，但是大师已经不愿意再讲了，他选择离开，消失在栅栏后，没了踪影。

伊万在这场偶遇之后，开始出现各式各样的想法。新来的病人在梦里癫狂，以至于喊出声吓到了其他人。直到医生为他打针，一切才重回平静。伊万还在想那个有关耶稣的故事。虽然结局是命定的死亡，但过程同样重要，在大师告诉他魔鬼真的存在的时候，他是有过动摇的，动摇自己的无神论，想去探索耶稣的故事。

大师说，自己不再创作，魔王的讲述将比他本人生动，这一切都让伊万觉得不可思议。伊万没能听到耶稣的后续，但布尔加科夫愿意把上帝视角的特权交给我们，他交代了耶稣死前彼拉多犹豫、耶稣死的惨状，以及他身边的马太带着他的尸体一同消失的细节。可能，这也算是某种解脱和自由吧？

回到莫斯科城内，演出结束后，又开始发生怪事。人们在演出时抢来的钱在使用时变成了矿泉水商标，抢来的衣服、帽子等都不复存在。商店里多了纠纷，而大街上多了裸体人，这一切只因为人们不听劝告。魔法师是说过的，只可惜没有谁真正把那些话当回事。这当然也顺理成章地让魔法师成了撒旦的化身，而演出本身除了停止，也没有更让人满意的处理方式。

在一切混乱中，柏辽兹的葬礼也见缝插针地举行。他的姑父收到了他本人署名的电报，来到莫斯科准备继承房产，不过，结果显然是不尽如人意的。在柏辽兹家，教授魔法师的随从"黑猫"和"红发人"出现了，他们取消了老人参加葬礼的资格，并让他打道回府。

闹剧不断上演，魔法师终于开始公开自己的身份，"我根本不是什么演员，我只是想看看莫斯科的市民大众"，实际上他的潜台词是——他想知道人性最真实的样子，而这事在剧院里最方便。

魔法师还在预言着各式各样的事，他和他的随从继续用独特的视角观察着这座城市。与此同时，莫斯科也在发生各式各样的事，但是作者布尔加科夫想人为停止这一切，把我们拉回到故事的主线上来。因为接下来，我们的大女主玛格丽特就要登场了，一切故事都要为她让位。

Day 5.

一个人的眼睛里，藏着对你的深情

在以"玛格丽特"命名的这个章节里，一开篇，布尔加科夫就直言不讳地说：随我来吧，读者！谁告诉你，世上没有忠贞不渝、真正永久的爱情？真该割掉这个说谎者的臭舌头！

随我来吧，读者，只要你随我来，我就让你看看这样的爱情！

不足百字的篇幅，一个急切想让我们看看大美爱情的作家形象跃然纸上。这女子叫玛格丽特·尼古拉耶夫娜，30岁，无子，生活条件优渥，丈夫是国内有名的专家，为人诚实善良，他们的家很美，花园尤其引人注目。他们的婚姻在别人看来堪称完美，可是，玛格丽特却从未感受到幸福，直到遇到了大师——那个会写故事，让她生出过挽救心思的人，那个烧掉手稿，突然消失的人。

自分别后，玛格丽特以各种方式想念大师，烧起炉火，回味爱人烧掉手稿的瞬间。朗读烧掉手稿的残余，翻看爱人的照片……期待梦中相见而不得，却终于在某一天预感到了即将发生一件特殊的事，并且，她仿佛在梦里见到了爱人，并开始幻想他们的重逢。这期间，玛格丽特的女仆向她讲述魔术师表演后发生的怪事，也就是那一晚很多人抢到了东西，第二天又一丝不挂的奇谈。

对此，玛格丽特是不屑的，她甚至斥责女仆不害臊。于她，除了大师，其他的人和事不过是虚无，她甚至在偶遇柏辽兹的送葬队伍时还在想，我情愿把灵魂抵押给魔鬼，也想知道他到底是死是活。不知算不算天遂人愿，或者应该叫"魔遂人愿"。魔王的那位红头发随从出现了，他与玛格丽特讨论起柏辽兹那颗失踪头颅的下落，甚至还把玛格丽特一直痛恨的批评家拉通斯基指认给她看。

不过，两人的交流谈不上愉快，直到红头发直指要害地说出那句："伟大的耶路撒冷城消失了，就像世上不曾有过它一样……您滚开吧！跟您那烧焦的练习本和干枯的玫瑰花一起滚开吧！您还是独自坐在这条椅子上恳求他放您自由，让您呼吸空气，恳求他从您的记忆中消失吧！"

没错，红头发在暗示，他这趟来跟大师有关。于是，两人开始打开天窗说亮话。红头发叫阿扎泽洛，说是受委托带玛格丽特去见一个外国人。几番周旋之下，玛格丽特接受了邀请，并且收下了红头发给她的油膏。他们约定当晚9点30分，玛格丽特脱掉所有衣服，用油膏搽脸和全身，然后等待10点钟的电话，通知她去该去的地方。显然，此刻，这个女子为了爱情可以付出一切，哪怕是生命。

这一天，玛格丽特是数着时间过的，当时间终于来到晚上9点29分，她开始涂抹油膏，虽然那味道并不好闻，可带来的变化却十分惊人。她不仅皮肤红润、年轻靓丽，甚至连整个身体都充满欢悦，那是扑面而来的自由气息。带着这样的心情，她给丈夫留了一封短信，大概意思是没必要找她，她已变成女巫，要永别了。

后来，按照约定，玛格丽特真的飞了出去，她一边高喊着"隐形"，一边跟自己曾经的一切告别，手里还提着一个飞刷，相当神气。变成女巫的她，脑子里一直闪现着一个念头："我是隐形人和自由人了。"慢慢地，她对飞行技巧掌握自如，并且有时间停下来观察地面上的种种。路过剧文楼的时候，玛格丽特特意放慢了速度，锁定了批评家拉通斯基的家。

虽然，他们一家因为参加柏辽兹的追悼会得以幸免，但是他家里的钢琴、书柜、衣橱、无花果树、相框都遭到了严重破坏，并且形成了连锁反应，四分五裂。而房子的主人，直到多年后，想起那个晚上，依然谈虎色变，对柏辽兹充满感恩。

后来的飞行之路，不时出现插曲。玛格丽特安慰了一个被吓坏的小男孩，她谎称自己是梦境中的人物。她的女仆娜塔莎也抹了油膏，成了飞行人，并且追了上来。一起来的，还有以前住在她楼下的尼古拉·伊万诺维奇，他变成了猪拱嘴，还被女仆娜塔莎骑在身下，听说他还向娜塔莎求了婚。

不过，插曲只能是插曲，玛格丽特没有忘记她此行的主要目的。伴随着美人鱼、羊腿人等众多角色组成的欢迎仪式，玛格丽特上了一辆车，司机是白嘴鸦，她飞向了莫斯科。奇怪的是，他们只是进了一户平常人家，却走上了一条奇异的楼梯，那楼梯好像永远也走不完，而且看不到。此后，关键人物终于露面了。魔法家、合唱指挥、巫师、翻译，鬼知道他到底是什么人，总之，他是科罗维约夫。他向玛格丽特鞠了一躬，把手中的油灯往远处一摆，请她跟他走。此时，红头发的阿扎泽洛早已不见了。这人似乎在哪里见过，只是他戴的不是印象中的破夹鼻眼镜，而是一只单眼镜，镜片还是破裂的。

科罗维约夫倒也不绕弯子，他说这里缺一位女主人，她的职责是在月圆之春舞会上撑门面。而根据他们的调查，玛格丽特身上有王族血脉。这期间，他们所在的空间一直没有点灯，直到终极魔王沃兰德出现。

他不慌不忙地介绍了自己的随从：黑猫别格莫特、女仆格拉，还有之前已经熟识的阿扎择洛和科罗维约夫。但玛格丽特还没有完全放下戒备，在一切还不确定的时候，她不能说出"大师"，只能说自己"很好"。很快，舞会就要开始了。玛格丽特穿上了白玫瑰花瓣缝制的鞋子，披上了红色的王袍，气场十足。

她必须喜欢每一个到访者，即使说不上话，也要保持微笑，不能怠慢。于是，她跟随随从们的引导热烈地在花墙组成的各个大厅里跟客人们保持友好。起初，玛格丽特对他们的经历表示感兴趣，慢慢地她有些麻木了，她发现那些国王、公爵、男伴、自杀者、投毒女人、绞刑犯、皮条客、狱卒、赌棍、刽子手、告密者、叛徒、疯子、暗探和强奸幼女者其实没

278

有本质不同。他们都是幻象，终将归于腐朽。

那一晚的重头戏，是沃兰德的随从当着玛格丽特的面杀死了一名男爵。他活着的时候口碑不好，听说被认为是告密者、奸细。那之后，舞会结束，玛格丽特和沃兰德他们一起喝酒，终于聊到了正题。她要求把她的爱人大师还给她。

伴随着一阵风，大师真的来了，他身着病号服，告诉沃兰德伊万对他的描述。那一晚，他们聊了很多，但是，沃兰德最振聋发聩的一句话莫过于，他告诉大师"手稿是烧不掉的"，并且拿出了之前大师写下的完整手稿，那被他烧了一部分的手稿如今完好无损。

玛格丽特期待大师继续创作。可是，出乎所有人的意料，大师什么也不想写。但眼下更重要的，是这对爱人期待回到他们曾经在一起的地下室，回归平静与祥和。

作为对玛格丽特在舞会上支撑场面的回报，沃兰德当然满足了他们。故事进行到这里，似乎一切已经足够圆满了，除了大师和玛格丽特在一起显得不那么名正言顺。

Day 6.

大胆告别曾经，才能找到最终归宿

　　大师的故事好像由阴转晴了，耶稣的故事却还没有完全讲完。没错，耶稣已经死了。可是，犹大的下落似乎还没有交代。这件事还要从总督本丢·彼拉多讲起，执行死刑后，他一直良心不安，甚至经常做梦。

　　后来他想，耶稣的死已成定局，那不如去保护他的朋友犹大吧。于是，他派人暗暗保护犹大，却还是等来了对方被杀的消息。为了30块银币，他居然被杀了。彼拉多拉着手下分享这个犹太教徒的死因，他们对于这个人不在家吃节日晚餐，却跑到城外去吃晚餐表示不理解。他们先后推测出各种可能性，但又很快推翻。

　　后来，曾经跟随耶稣的马太出现了，他放下狠话要杀了犹大，反而因此洗脱了嫌疑。彼拉多跟马太的谈话并不愉快，毕竟是彼拉多叫人杀了耶稣，他现在又找马太要耶稣留下的羊皮纸来看，这多少让马太觉得恶心。他虽然不会杀了这个总督，但却可以对他表示不屑。于是，在拿了一块干净的羊皮纸之后，马太选择了离开。

　　马太走后，总督彼拉多睡着了。他在毫无意识的状态下迎来了一个新的黎明。

玛格丽特读完这一章时，天已经大亮。没错，我们又从耶路撒冷回到了莫斯科，从大师的书里，回到了他和玛格丽特身边。

她伸了个懒腰，想起撒旦的晚会、大师的回归、小说失而复得、他们又回到地下室等场景，内心深处无比坦然。此刻，隔壁房间的大师还在酣睡。沃兰德很快被列为侦查对象，人们到处寻找他和他的几个随从。就连住在精神病院的伊万，也因为很久之前跟他们有过交集，而被列为协助调查的对象。

黑猫、红头发，还有夹鼻眼镜的那个家伙成为人们追捕和谈论的对象，他们看起来躲躲闪闪，一直在逃，可是，从未有人能真正伤到他们。说这几位是刀枪不入，似乎也并不过分。

沃兰德他们很清楚，这里已经不能落脚了。于是，玛格丽特曾经去过的那所魔王们暗藏的怪异房子，已故的柏辽兹曾经住过的地方，也就是花园街302乙幢五十号，在黑猫用汽油泼洒之后自燃起来。随着浓烟滚滚，人们看到三个男人和一个裸体女人从窗口飞出，没了踪影。15分钟后，有人在斯摩棱斯克市场的全苏外宾商品供应联合公司看到了穿格子衣服的夹鼻眼镜和黑猫。为了不被注意，黑猫伪装成了一个戴破鸭舌帽的胖子。不过，他时不时就要偷吃鱼肉，还是容易露出破绽。二位趁乱从店里出来，刚好到了一幢叫作家之家的建筑附近。他们对那些作家充满敬重和敬仰，甚至还感慨道："一想到未来的

《堂吉诃德》作者、未来的《浮士德》作者，甚至，见鬼，甚至《死魂灵》的作者，他们就在这座屋子里成熟起来，真叫人感到既甜蜜又害怕！是不是？"

精神世界需要丰盈，空空肚皮也要填饱，二位辗转来到餐厅，听人们对五十号住宅的事议论纷纷而若无其事，这大概也是魔鬼的基本素质吧？

另一处，沃兰德和随从红头发也在交谈。当一个不速之客闯入之际，沃兰德的好兴致被破坏了。来人似乎很不屑，他是耶稣派来的马太。面对他的质疑，沃兰德直截了当，说："劳驾你思考一个问题：如果不存在恶，你的善有什么用？如果地上的影子都消失了，大地会是什么样子？影由物和人而生。例如我这把剑的影子。凡树木和诸生物皆有影子。难道你妄想剥光地球，扫除一切树木和生物，去欣赏一个光秃秃的世界吗？你真蠢。"马太也不争辩，他告诉沃兰德，需要把大师和玛格丽特一起带走，随后就离开了。这个任务又落在了红头发身上，他前往地下室，一番寒暄之后，直奔正题，毒杀了大师和玛格丽特。

多么不可思议，就在他来之前，这两位还沉浸在幸福里讨论着大师要跟随女巫生活，继续创作，转眼就迎来了厄运。

可是，死亡不是终点。很快，成为鬼魂的大师和玛格丽特被劝说着离开了地下室。他们明白：这一次，他们才是真正的活人。在火光中，大师和玛格丽特跟城市告别，中途还转道精神病院跟伊万告别。这一次，真的该启程了。别人家的灯火，这座城市的一切，如今都毫无必要。

当一轮深红色圆月从前方森林边升起时，一切伪装尽皆消失，不耐久的魔法外衣都掉进了沼泽，淹没在浓雾中。沃兰德身边的随从们一个个恢复了本来面目，夹鼻眼镜变成了骑士，黑猫变成了少年，红头发变成了恶魔。而大师和玛格丽特也都发生了变化。后来，他们在某个地方停下，沃兰德让大师看到了他书中的主人公，并希望他用一句话来结束他的小说。

大师望着椅子上的总督，仿佛就等着沃兰德的这句话。他把两手合在嘴边，他的喊声在荒无人烟的重山之间回响起来："你自由了！你自由了！他正等着你！"大师自己也想跟去，是沃兰德劝住了他："何必追逐逝去的东西呢？"这话又一次点醒了大师，他告诉大师和玛格丽特，他们值得更好的未来。

在沃兰德的帮助下，大师和玛格丽特有了永恒的家，有志同道合的伙伴。他们不再分离，彼此守护。前尘往事一去不复返，记忆慢慢变得模糊。不过，有一点是很清楚的，大师解脱了，获得了自由，永恒的自由。他的爱人玛格丽特，享受其中，内心越发宁静。

心境不同往日的大师，亲自结果了彼拉多。最终，彼拉多走进深渊一去不复返了。他是在复活节前夜得到宽恕的占星王之子，是残酷的第五任犹太总督，是骑士本丢·彼拉多。

故事到这里，原本应该就收束了。可布尔加科夫专门为故事加了"尾声"，他笔下的、大师笔下的，不同时空的故事慢慢交叠在一起。

可能，这跟他是大师的弟子有关吧，他也有属于自己的"玛格丽特"，帮助他获得新生。作家自己也是如此，大师是迷茫时期的他，玛格丽特是设法发泄和自我保护的他。慢慢地，布尔加科夫放下了所有，专注于创作本身，这才有了《大师和玛格丽特》的顺利诞生。

Day 7.
重要的不是善与恶，而是直面内心的脆弱

2022年12月，乌镇戏剧节上，一部名为"大师和玛格丽特"的剧作，格外引人注目。在距离原著创作之初将近一个世纪的时候，居然有中国剧作家愿意把布尔加科夫这部曾经饱受争议的作品搬上舞台，并且让它焕发新的生机，作家本人若有所感应，大概也是欣慰的。

毕竟，他燃烧生命最后的火光凝结出的佳作，与他挚爱的戏剧舞台终于合二为一了。要知道，在很多年里，布尔加科夫本人即便是用别人已发表的作品改编成戏剧，想搬上舞台，也是举步维艰的，更不要提期待他自己的作品上演了。只是，时隔这么久，《大师和玛格丽特》故事的结尾，在中国大地上又换了一番面貌。

大师和玛格丽特没有死，他们不再靠死亡去获得解脱和自由，以期实现内心的平静。相反，他们选择了勇敢地活下去，留在现实中，即使未来茫然，依旧愿意坦然面对。

这样的改编，看似与布尔加科夫的初衷相悖，实际上却殊途同归。甚至可以说，这是对原作的某种升华和明确。"我知道明天不只属于我自己，此刻我们在同一种时间里。我知道明

天不只属于我自己，此刻我们站在一起。"

这是剧作里的一段宣言，与原作对照起来看，其实跟小说中那句"什么也不要怕！我和你在一起！我和你在一起"的表达一样有力，或者说让人更加接近布尔加科夫在千帆过尽之后的那份清醒。

表面上，原著中的大师和玛格丽特是两个近乎完美的人物，没有瑕疵，与现实格格不入，他们最终还是依靠外力，依靠魔鬼的帮助，在"虚幻的宗教般的救赎天堂"获得解脱。实际上，如果魔鬼的使者在他们回归地下室之后不去接应他们、杀死他们、带走他们，两人的内心世界多半也是祥和的。

虽然他亲手写下的这个故事里，沃兰德是个如同魔鬼撒旦一般的人物，但实际上，他来到莫斯科，伪装成魔术师，表面看起来在不断地破坏和制造怪事，实际上，随着故事的深入，他却充当起了解救大师和玛格丽特的人，并非全然是恶的化身。这正呼应了布尔加科夫的那句反问"如果不存在恶，你的善有什么用"。

仔细回想，在小说里，布尔加科夫以各种各样的方式在反复诘问。开篇的柏辽兹和伊万对外国人说，不相信耶稣，因为这个人物根本不存在。显然，这与某种宗教信仰是冲突的，放在桌面上来说，更是显得过于大胆。

在基督教中，耶稣是信仰，是救世主，是善良的化身，他牺牲了自己，被钉在十字架上，却精神永生。在我们听过的很多故事里，耶稣的死都跟犹大不无关联。布尔加科夫偏要颠覆传统，他在故事里套了一个主人公"大师"写的故事，故事的故事里，是本丢·彼拉多这个犹太教的总督处死了耶稣。其中，处死过程还经历了犹豫。而犹大，则试图拯救耶稣，最终不成。这样的故事又该如何界定善恶呢？

我们是否应该说彼拉多有过悲悯之心，他就算没有救耶稣，也是善良的？他自保前程，又有什么错？而犹大，晚来一步，有心无力，只是救下来尸体，又有什么可赞扬的？布尔加科夫显然是在引发思考，也是在试图让我们重新定义善恶。

布尔加科夫画像虚伪的善良是善良吗？迟到的正义是正义吗？有句话叫作"盖棺公论定，不泯是人心"，孰是孰非都要交给时间。

在俄罗斯，《大师和玛格丽特》被誉为"讽刺文学、幻想文学和严谨的现实主义文学的高峰"。对布尔加科夫来说，这不仅仅是一份荣誉，更是从多种维度去考量的一种意义。从讽刺文学的角度，当然就是在说他本人身处的环境。

小说中的"大师"作为他本人的化身，空有"大师"之名，却从未得到过认可。而魔鬼布兰德，实际上是作为他本人的另一面出现在作品里的，那些平日里不敢去揭露和讽刺的道貌岸然、拜金主义、爱慕虚荣，通过这个人物，我们可以尽收眼底。

舞会上那些鬼魂再光鲜，终究还是要灰飞烟灭的。在讽刺的过程中，布兰德、黑猫、女巫当然是基于某种幻想延展出的情节，可是依托于故事情节发展的植入并不显得违和，反而增添了一些灵动和色彩，让故事更加引人入胜。

说布尔加科夫遵从现实主义，大概是很多人最不能理解的部分。打破思维局限，抽丝剥茧，也许才是解答这个问题的有效方法。可以说，魔幻现实主义也是现实主义，拨开迷雾，把那些被切掉的头，表演现场的幻象，人物妖魔化的种种现象化的内容去除，恐怕反而更能接近真相。

布尔加科夫的小说继承过去的现实主义，又容纳象征主义，把现实和幻想结合起来，称得上是20世纪现实主义文学丰富发展的先例。

麦家陪你读书（第一辑）

《我想要的人生》

《写给世间所有的迷茫》

《做简单的自己》

《一切都来得及》

荐 书 人

深蓝蓝　慕　榕　竹　子　momo

文　苑　慧　清　陈不识　妍　诺

无惠子　路雨生　三尺晴　琴萧陌

恪慕容　北　坡　贰　九　驿路奇奇

竹露滴清响　盐系少女

麦家陪你读书（第二辑）

《今天也要好好爱》

《坠入人海，理想热烈》

《去人间清醒处》

《活在生活里》

荐书人

陌上桑　月　己　肉　丝　蒙　湘　贰　九

三尺晴　西　楚　竹　子　奥氏体　慧　清

琴箫陌　张煜棪　十七君　文　苑　云　间

格斯墨　刘文豪　零　露　康飞　恪慕容

帅沁彤　一隅清欢　驿路奇奇　若水一泓

堂前燕子　羊子姑娘　竹露滴清响

《坠入人海, 理想热烈》

| 总监制 |

孙 毅

| 特约编辑 |

顾 夏 黄 琰

| 营销支持 |

侯庆恩

番茄
FANQIE

让 好 故 事 影 响 更 多 人

番茄小说　抖音　今日头条　西瓜视频